VALÉRIE SAUBADE

Née en 1966, Valérie Saubade a été journaliste pendant six ans, elle est aujourd'hui professeur de français à l'Alliance française de Bordeaux. Après le succès de son premier livre *Happy birthday grand-mère* publié aux Éditions Anne Carrière en 1999, ont suivi *Les petites sœurs* (2002) et *Marche arrière* (2009). En 2011, paraîtra *Miss Sweety* chez le même éditeur.

MARCHE ARRIÈRE

DU MÊME AUTEUR
CHEZ POCKET

HAPPY BIRTHDAY GRAND-MÈRE
LES PETITES SŒURS
MARCHE ARRIÈRE

VALÉRIE SAUBADE

MARCHE ARRIÈRE

ÉDITIONS ANNE CARRIÈRE

Le papier de cet ouvrage est composé de fibres naturelles, renouvelables, recyclables et fabriquées à partir de bois provenant de forêts plantées et cultivées durablement pour la fabrication du papier.

ISBN : 978-2-266-19327-6

À Peter Pan,
qui m'aide à voler.

À Aline, Sabine et Françoise,
mes sœurs de cœur.

« Personne, pas même les poètes,
ne sait tout ce qu'un cœur peut contenir. »

Zelda Fitzgerald

1

Dimanche 20 octobre 2002

Il y a deux heures, j'ai écrasé mon ex-femme avec mon 4 × 4.

J'ai toujours été d'un naturel assez maladroit.

Je m'appelle Vincent Verdun, j'ai quarante-cinq ans et je mesure un mètre soixante-deux, ce qui, pour n'importe quel psy débutant, justifierait de ma part l'acquisition d'un 4 × 4 avec marchepied incorporé.

Mon ex-épouse se prénomme Marianne. Nous avons divorcé il y a quatre ans. Nos enfants, Thomas et Julie, habitent avec elle dans un lotissement boisé situé à dix minutes en voiture de mon appartement. Après notre séparation, elle a exigé de conserver la maison familiale. En compensation, je ne verse qu'une modeste pension alimentaire. Un copain qui travaille dans l'immobilier m'a dit que je m'étais fait avoir, vu la valeur de la maison.

Comme beaucoup de couples modernes, nous avons raté notre mariage, mais réussi notre séparation. Depuis plus d'un an, c'est carrément l'entente cordiale : tous les dimanches soir, je vais prendre l'apéritif chez Marianne.

Les secours arrivent très vite. Le week-end, en automne, il n'y a pas trop de monde sur la rocade. Je ne sais pas qui les a appelés. Ils s'occupent tout de suite de Marianne. Ils la transportent avec précaution jusqu'à l'ambulance, dans une sorte de sarcophage. Quelques mèches châtaines traînent sur le sol. Je ne parviens pas à distinguer son visage, dissimulé sous un masque à oxygène. Puis je vois passer un second brancard, sur lequel gît son compagnon, inanimé. Lui aussi porte un masque.

— Il y a un homme, à côté du portique. Ce doit être le conducteur.

Je suis recroquevillé sur le gazon détrempé par la pluie, à dix mètres du 4 × 4 et de ce qui reste de Marianne. Je ne sais pas pourquoi je me suis réfugié là, près de la balançoire dégoulinante de pluie qui grince dans le vent. Peut-être y ai-je vu un recours à l'enfance, un univers sans responsabilité ni drame, hormis la mort d'un papillon.

Un jeune toubib s'approche de moi, accompagné d'une infirmière. Il paraît très jeune. À peine quelques années de plus que mon fils. Comme Thomas, il porte des lunettes rondes et des cicatrices d'acné.

— Monsieur, vous m'entendez ? me demande-t-il d'une voix à réveiller un mort.

J'agite la tête de bas en haut, sans toutefois renoncer à fixer le sol.

— Vous avez mal quelque part ? continue-t-il sur le même ton.

Cette fois, je remue la tête de gauche à droite. J'ai le cœur brisé, mais cela ne se voit pas.

— Il est choqué mais intact, commente l'infirmière qui l'accompagne d'un ton détaché.

C'est une grande femme tout en os, la cinquantaine aux cheveux gris. Trente ans passés à récupérer de futurs amputés sur les routes, ça vous forge un caractère.

— Dans ce cas, je m'en occupe, intervient un policier.

C'est un homme entre deux âges, déjà vieilli par la dureté de sa fonction et un peu boudiné dans son uniforme. La rigueur de sa coupe de cheveux réglementaire contraste avec la mollesse de ses traits. Ses joues flasques sont rougeâtres. Sans doute supportent-elles mal le passage répété du rasoir.

— Veuillez me suivre, m'ordonne-t-il.

Je jette un dernier regard à la balançoire et me redresse lentement. À peine debout, je commence à tanguer. Il me prend par le bras. Je vomis sur ses chaussures cirées.

— Bien. Je crois qu'on va commencer par un Alcootest, maugrée-t-il tout en s'essuyant les pieds sur la pelouse.

Je parcours d'un pas incertain les quelques mètres qui me séparent du fourgon, garé en contrebas de l'allée, non loin du portail. Je sens qu'il hésite un peu avant de me faire monter dans l'habitacle. Il craint que je ne salisse le sol. Je m'affale sur la banquette en Skaï froid et souffle docilement dans l'éthylomètre.

— Un gramme deux, m'annonce-t-il. Vous avez bu combien de verres avant de prendre le volant ?

Je me mets à trembler. Je bafouille :

— Je ne m'en souviens plus.

Tandis qu'il vérifie mes papiers, je pose mon front contre la fenêtre. Cherchant un peu de réconfort, j'essaie de distinguer le vieux portique à travers la buée. Un agent de police s'emploie à disperser mes anciens voisins qui se sont attroupés derrière le petit muret en pierre séparant le jardin de la route.

— Bon, on va vous amener au commissariat.

Je me tasse sur la banquette, anéanti.

— C'est pas joli à voir, commente un second policier en montant dans le fourgon.

C'est un jeune type nerveux, les cheveux coupés en brosse et le pantalon ajusté. Le genre play-boy de fêtes de quartier.

— Y a du sang partout, poursuit-il. Il paraît qu'on a retrouvé une dent à cinquante centimètres de sa propriétaire. C'est dire si le choc a été rude.

Je me redresse et me précipite vers la porte, heureusement encore ouverte.

— Tu pouvais pas la fermer ? rouspète le vieux policier. Il m'a déjà salopé mes godasses. C'est toi qui nettoieras le fourgon.

Le jeune coq me jette un regard méprisant puis s'installe sur le siège du conducteur. Son collègue se place en face de moi, à une distance raisonnable.

— Essayez de vous reposer un peu, me recommande-t-il en me voyant trembler de nouveau.

Je ferme les yeux. Je feins de dormir pour qu'on me fiche la paix. Au bout de cinq minutes, je l'entends composer un numéro de téléphone sur son portable. Il demande à parler à un inspecteur de la police judiciaire.

L'officier de police qui me fait face s'appelle Marc de Saint-Simon. J'ignore s'il est un descendant de l'auteur de *Mémoire sur la science de l'homme*. En tout cas, il est patient. Cela fait un quart d'heure qu'il me tend des Kleenex et attend que je cesse de pleurer. Son visage empâté n'exprime aucune émotion. Pas plus que ses yeux bleu pâle, surmontés de sourcils gris broussailleux. Avec son costume trois pièces bien coupé, il paraît sortir d'un téléfilm des années 30. Je ne serais pas surpris qu'il extraie une montre à gousset de la poche de son gilet. Il semble près de la retraite. Je suis peut-être son dernier client.

Je me mouche une nouvelle fois avant de demander, d'une voix faible, à me rendre aux toilettes.

— Vous avez encore envie de vomir ? s'inquiète-t-il.

Durant le trajet, les policiers ont dû s'arrêter deux fois en urgence sur le bas-côté.

— J'appelle quelqu'un pour vous accompagner, soupire-t-il.

Pendant qu'il décroche son téléphone, je regarde autour de moi. Le bureau où l'on m'a conduit est meublé de façon fonctionnelle mais les sièges sont confortables. La fenêtre aux huisseries blanches récemment repeintes donne sur une petite place égayée de platanes cernant une église aux murs ravalés. On est loin des grandes villes, des bâtiments administratifs sans âme et déjà délabrés. Le commissariat occupe un vieil immeuble du XIXe siècle, juste à côté d'une école primaire. Dans le hall d'entrée, on peut admirer un plafond aux moulures alambiquées. En semaine, le planton doit entendre les rires des enfants pendant la récréation.

Le fonctionnaire qui m'accompagne aux toilettes est noir et semble avoir le même âge que moi. Il mesure presque deux mètres. À côté de lui, j'ai l'air d'un nain, même avec mes chaussures à talonnettes. Comme son patron, il est habillé avec soin, d'un costume et d'une cravate assortie à sa chemise sans plis. Ses muscles saillent sous ses vêtements. Il doit bien faire une heure de sport par jour. Je devrais m'y remettre. Avec l'âge, j'ai pris un peu de ventre. La glace fixée au-dessus du lavabo me renvoie l'image d'un homme au visage ravagé. Mes paupières sont gonflées et mes joues congestionnées. J'ai hérité de ma mère la mollesse de ses traits, sa blondeur fade et sa pâleur. Je rougis comme une fille à la moindre émotion ou contrariété.

— Passez-vous la tête sous l'eau, me conseille gentiment le grand Black. Vous vous sentirez mieux.

J'ôte mes lunettes et plisse les yeux. Eux, ils viennent du côté paternel : ils sont petits, d'un gris sans éclat, enfoncés dans leurs orbites. J'asperge d'eau mes cheveux courts, un peu clairsemés. Puis je masse mon visage avec mes mains mouillées. Sous mes doigts, je sens les os de mon nez et de mes pommettes.

Je me demande ce qu'il reste du visage de Marianne. J'éclate en sanglots.

— Pleurez, ça vous fera du bien, compatit le fonctionnaire.

Des types aussi sensibles, il n'a pas dû en voir beaucoup. Pendant que nous nous rendions aux toilettes, il m'a expliqué qu'il venait d'être muté en province. Auparavant, il travaillait en banlieue parisienne, dans le 9-3.

— Vous avez des nouvelles de l'hôpital ?

Saint-Simon se concentre sur le capuchon de son stylo.

— Bon, récapitulons, reprend-il sans me regarder. Vous vous appelez Vincent Verdun, vous avez quarante-cinq ans, vous êtes directeur de société.

J'aime beaucoup l'intitulé de ma profession. J'ai trop longtemps occupé des emplois subalternes, peu en rapport avec mes études et mes compétences. Il y a deux ans, j'ai créé une école de langues. Je propose des cours d'anglais et de chinois à des cadres dynamiques. J'emploie désormais trois professeurs et une secrétaire. Les affaires commencent à marcher. Pour la première fois de ma vie, j'ai pu m'acheter une voiture neuve. Pas n'importe laquelle. Un 4 × 4 Magnum *american dream* avec ABS, ABG, airbags latéraux et frontaux, feux antibrouillard, antidémarrage électronique et pare-chocs chromés.

Deux semaines durant, je m'étais arrêté devant la vitrine du concessionnaire pour l'admirer. Hier, je me suis décidé. Le vendeur me l'a fait essayer à la périphérie de la ville, sur la route bordant le fleuve. Il y avait pas mal d'embouteillages. Un conducteur m'a fait une queue-de-poisson. Le vendeur lui a adressé en retour un bras d'honneur. Pas de risque de représailles grâce aux vitres fumées, a-t-il rigolé. À mon tour, j'ai pointé mon majeur vers le ciel en direction de l'automobiliste indélicat. Au feu rouge, je l'ai rejoint et, dès que le feu est passé au vert, je l'ai laissé sur place. Ce 4 × 4 possède une accélération foudroyante.

Peu habitué à un habitacle aussi imposant, j'ai frôlé un cycliste. Je n'ai pas entendu ses invectives car nous roulions en écoutant Led Zeppelin à fond sur l'autoradio digital. J'ai également un peu de mal avec la boîte de vitesses automatique qui équipe ce modèle. Le vendeur m'a dit que j'allais très vite m'y habituer. Il a achevé de me convaincre en m'offrant une ristourne pour ce modèle d'exposition. J'ai signé dans la foulée.

— Vous êtes domicilié Résidence de l'Hermitage…, poursuit l'inspecteur, tout en sortant d'un tiroir un crayon à papier qu'il taille méticuleusement.

J'habite dans un bel immeuble rénové, à la fois cossu et discret. J'ai pour voisine de palier Mme Joubert, veuve d'un officier de marine, et le Dr Némaux, un gastro-entérologue réputé. Pour l'instant, je loue, mais je compte acheter cet appartement. La propriétaire a quatre-vingt-trois ans. Elle ne fera pas de vieux os. Mon balcon donne sur un parc privé. J'ai une cuisine intégrée, un dressing et deux chambres avec placard. J'ai meublé celle des enfants avec soin, mais elle est rarement occupée. Ils préfèrent dormir chez leur mère.

— Divorcé depuis quatre ans, continue Saint-Simon.

J'opine docilement.

— J'aimerais que vous me relatiez ce qui s'est passé ce soir, m'enjoint-il, en disposant devant lui un bloc de feuilles vierges.

Il darde sur moi son regard froid. Avec ses joues rondes, il me fait penser à un gros chat repu qui s'amuse avec une souris. Je proteste :

— Je vous l'ai déjà raconté deux fois.

Il se penche vers moi. Son expression est inamicale et inquisitrice.

— Monsieur Verdun, je procède à votre audition dans le cadre d'une enquête de flagrance. Selon l'article 53 du code de procédure pénale, elle s'applique à des délits graves punissables d'emprisonnement. Je vous conseille donc expressément de collaborer.

Je ferme les yeux, esquisse une grimace de douleur. Prévoyant, le jeune policier black me tend un mouchoir en papier.

— Qu'avez-vous fait avant de vous rendre chez votre ex-femme ? poursuit Saint-Simon sans sourciller.

— Un peu de comptabilité le matin, puis du bricolage l'après-midi. Mon fils Thomas est un passionné de maquettes d'avion. J'ai déniché il y a un mois la copie du biplan mis au point par les frères Wright en 1908. Une sacrée bestiole, avec ses ailes haubanées de un mètre dix d'envergure. Elle devait dormir depuis longtemps dans le grenier de son ancien propriétaire : j'ai passé presque quatre heures à lui redonner un coup de jeune.

Le flic tape avec vigueur ma déposition sur le clavier de son ordinateur portable. Saint-Simon, lui, dessine une mouche sur une feuille vierge. Les maquettes d'avion, ça se sent, ce n'est pas son truc. Il préfère sans doute collectionner les assassins.

— À quelle heure avez-vous quitté votre domicile ?

— À 18 h 40.

Je m'en souviens parce que j'ai jeté un œil sur l'horloge électronique de mon 4 × 4. Je ne me lasse pas d'admirer son tableau de bord. Il ressemble à celui d'un Boeing, à ceci près qu'il est gansé de cuir, comme le volant, le levier de vitesse et les sièges. Je me demande combien de vaches le constructeur a sacrifiées pour parvenir à ce résultat.

— Vous êtes parti directement ?

— J'ai d'abord enfourné la maquette dans le coffre. Il commençait à pleuvoir. J'avais heureusement pris soin de la recouvrir d'une bâche en plastique. J'ai effectué le trajet en vingt minutes au lieu des dix habituelles. Les autres véhicules roulaient lentement à cause de l'orage. Il y a eu un accrochage entre deux voitures.

— Vous vous êtes arrêté ?

— Le conducteur qui me précédait est descendu voir si c'était grave. J'ai pensé que c'était suffisant. De toute façon, je ne supporte pas la vue du sang.

— Vous êtes donc arrivé aux environs de 19 heures. Votre ex-femme vous attendait-elle ?

— Je rends visite à mes enfants tous les dimanches soir. Il me tardait que Thomas voie le biplan. Je l'ai laissé dans le coffre, pour qu'il le découvre en même temps que mon 4 × 4. Je suis passé par la porte du garage. Le dimanche soir, Marianne la laisse entrebâillée. Elle n'aime pas qu'on entre par la porte principale, qu'elle ferme à clé tous les jours à 18 h 30 précises. Elle a peur de se faire cambrioler.

Marianne était dans la salle à manger, occupée à attiser le feu de cheminée. Elle a rajeuni depuis notre divorce : quelques kilos en moins lui donnent une silhouette plus en harmonie avec sa petite taille, et ses admirables cheveux auburn ont repoussé. Désormais, elle se maquille, ce qui met en valeur ses yeux verts et son teint parfait. Pierre-Emmanuel, son compagnon, était allongé sur le canapé que nous avions choisi, mon ex-femme et moi, quelques mois avant notre séparation, et ses pieds en dépassaient. Il mesure un mètre quatre-vingt-cinq.

J'ai demandé si Thomas était là. C'est une sorte de phrase rituelle, qui accompagne et peut-être justifie chacune de mes visites dans ce qui est désormais mon ancien domicile. Elle nous permet également d'amorcer un début de conversation.

Sans même se retourner, Marianne m'a répondu qu'il était absent. J'ai réprimé une moue de déception.

Pierre-Emmanuel m'a proposé de prendre un verre. C'est également un rituel. Cela lui permet d'aller et venir entre la cuisine et le séjour, comme pour mieux marquer son territoire en ma présence. Pendant qu'il s'affairait, Marianne s'est redressée. Elle avait les joues rouges et sentait un mélange de bois et de cendres. Elle m'a expliqué que Thomas s'était attardé chez un copain pour réviser. J'ai émis un grognement désapprobateur. Elle a toujours eu la sale manie d'excuser les faits et gestes de nos enfants. Surtout ceux de Julie, qui n'a jamais brillé en classe et a dû s'y reprendre à deux fois pour obtenir son bac. Aujourd'hui âgée de vingt et un ans, elle cherche encore sa voie. Après une première année en droit, puis une autre en lettres modernes, elle s'est finalement inscrite dans une école privée de stylisme. Thomas, lui, est un étudiant brillant. À vingt-deux ans, il est déjà titulaire d'un master de droit public. Il prépare actuellement le concours d'entrée à l'École nationale de la magistrature.

— Votre fils était absent, mais vous n'êtes pas reparti tout de suite. Je suppose que vous avez profité de cette visite pour voir votre fille, suggère Saint-Simon, tout en affinant d'un coup de crayon l'aile d'une troisième mouche.

Gêné, je marque un temps d'arrêt avant de répondre :

— Pas vraiment. Entre Julie et moi, le courant ne passe pas. Les rares fois où elle m'adresse la parole, c'est pour me demander de l'argent.

— C'est le lot commun de nombreux pères divorcés, philosophe Saint-Simon.

Je scrute ses mains. Comme moi, il ne porte pas d'alliance.

— Vous vous êtes donc retrouvé en compagnie de votre ex-femme et de son compagnon…, enchaîne-t-il.

D'habitude, je m'éclipse très rapidement avec Thomas pour parler maquettes dans l'atelier situé à côté du garage. Pierre-Emmanuel se retire dans mon ancienne chambre pour jouer du violon. Marianne prépare le repas dans la cuisine.

— J'avais décidé d'attendre le retour de Thomas. Par politesse, ils n'ont pas osé me laisser seul au salon. Le vin était bon. Pierre-Emmanuel m'a resservi. Il ne supporte pas le silence, et des silences, il y en a beaucoup lorsque nous nous retrouvons tous les trois, à essayer de trouver un thème de conversation.

Marianne et moi avons depuis longtemps éliminé les sujets qui fâchent, notamment ceux qui concernent notre passé commun. Nous nous contentons de parler des enfants et échangeons des nouvelles de nos parents respectifs. Cela suffit en général à entretenir pendant dix minutes l'illusion d'une conversation à bâtons rompus.

Pierre-Emmanuel m'a servi un troisième verre, tout en cherchant désespérément quelque chose à dire. Nous avions épuisé les anecdotes sur les enfants. Marianne m'avait appris que son père souffrait d'arthrite. Pierre-Emmanuel a épilogué sur l'orage, plutôt insolite en cette saison, tout en fixant les flammes de la cheminée. J'ai remarqué que, même lorsqu'il me parle, il ne me regarde jamais droit dans les yeux.

Je l'ai laissé s'engluer dans l'épais silence qui s'est installé après sa dernière remarque sur un possible dérèglement climatique. J'avais sorti de ma poche mon téléphone portable pour consulter ma messagerie – un chef d'entreprise se doit d'être joignable même le dimanche. C'est là que je me suis aperçu qu'il était déchargé.

— De quoi avez-vous parlé ? insiste Saint-Simon.

— De mon nouveau 4 × 4, pendant plus d'une bonne demi-heure.

Histoire de rompre le silence, j'avais appris à Marianne que j'avais changé de voiture. J'ignorais que Pierre-Emmanuel s'y connaissait autant en voitures. Il m'a resservi à boire et posé de nombreuses questions. Ce fut une conversation plutôt agréable. Sauf pour Marianne qui, réfugiée près du foyer, martyrisait les bûches avec le tisonnier pour lutter contre l'ennui.

— Votre fils est arrivé pendant que vous discutiez ?

— Non. En revanche, ma fille est descendue de sa chambre pour me dire bonjour.

Plus précisément, elle m'a juste dit « salut » en passant. Je l'ai suivie du regard alors qu'elle se dirigeait vers la cuisine pour prendre un Coca. Elle a hérité des yeux verts de sa mère. Sa chevelure brune et bouclée lui descend jusqu'à la taille. Les traits de son visage sont fins, mais sa bouche s'incurve en une perpétuelle moue contrariée. Contrairement à sa mère, elle est fine et élancée. Elle me dépasse déjà de dix bons centimètres.

— Et après ? Vous avez pris congé ?

— Je m'apprêtais à m'en aller quand Julie a demandé à sa mère de l'emmener chez une copine en ville pour récupérer un cours. Marianne m'a prié de le faire à sa place, car elle n'avait pas eu le temps de préparer le dîner.

Bien sûr, Pierre-Emmanuel a immédiatement proposé de conduire Julie. Il met un point d'honneur à être un beau-père parfait. Marianne a objecté qu'avec ce temps pluvieux Julie serait plus en sécurité dans un 4 × 4 que dans sa vieille Renault 5. Julie a un peu râlé. Marianne a insisté. Elle a finalement accepté que je l'emmène, pour faire plaisir à sa mère.

— Vous êtes donc sorti de la maison avec votre fille ?

— Non, Marianne et Pierre-Emmanuel nous ont accompagnés. Il voulait voir mon 4 × 4. Marianne l'a suivi à contrecœur.

— Sans doute une prémonition, songe Saint-Simon à haute voix.

La pluie avait cessé. Pierre-Emmanuel a fait le tour du véhicule en s'extasiant sur la carrosserie et le hayon arrière, doté d'une énorme roue de secours protégée par un coffre cylindrique en métal. Restée sous le petit auvent devant le garage, Marianne a regardé sa montre à trois reprises en moins de cinq minutes. J'en ai déduit qu'il était temps que je parte.

Julie était déjà installée sur le siège passager. Le CD de Led Zeppelin s'est mis en marche lorsque j'ai tourné le contact. Julie m'a demandé ce que c'était, cette musique de demeuré.

— Puis, vous avez démarré…, embraye Saint-Simon en vérifiant la pointe effilée de son crayon.

— J'allais le faire lorsque je me suis souvenu du biplan resté dans le coffre. J'ai jeté un coup d'œil dans le rétroviseur. Marianne et Pierre-Emmanuel n'étaient pas encore rentrés. Je me suis dit que ça tombait bien, ils allaient pouvoir me donner un coup de main.

— Vous n'avez pas demandé à votre fille de vous aider ?

— Je ne lui ai même pas proposé. Elle aurait refusé. Elle était furieuse de ce contretemps. Elle est sortie de la voiture en me disant de l'appeler quand je serais enfin prêt à partir. Elle a regagné l'auvent en râlant. Au moment où elle entrait dans le garage, son téléphone portable a sonné. Elle s'est dirigée vers la cuisine en disant qu'elle y serait plus tranquille. Je suis descendu à mon tour du 4 × 4, puis j'ai ouvert le coffre.

Saint-Simon a terminé sa série de mouches et dessine maintenant un coléoptère. Il a un sacré coup de crayon.

— Qui vous a aidé à sortir le biplan ?

— Pierre-Emmanuel a hésité. Selon lui, la maquette ne pouvait pas passer et il fallait ouvrir entièrement la porte du garage. Marianne s'en est mêlée, en disant qu'il fallait juste mettre le biplan à la verticale. Elle a commencé à le faire basculer. J'ai eu peur qu'une aile ne se rompe lors de la manœuvre, je me suis précipité pour l'aider. À nous deux, nous avons réussi à faire entrer l'avion par la petite porte.

— Et une fois la maquette dans le garage, êtes-vous tout de suite remonté dans votre véhicule ?

— Non, Marianne m'a prié de rester cinq minutes. Elle voulait me parler. Elle a demandé à Pierre-Emmanuel de la débarrasser de la bâche qui couvrait le biplan.

Ce garçon est la discrétion même. Il a immédiatement compris qu'il était de trop. Il a pris la bâche et est sorti dans le jardin. J'allais protester en disant que cette bâche m'appartenait et que je préférais la garder dans le coffre, mais Marianne ne m'en a pas laissé le temps. D'un geste impatient, elle a refermé la porte derrière lui.

— De quoi avez-vous parlé ? me demande Saint-Simon.

Il peaufine à présent l'une des pattes du coléoptère.

— De Julie. Marianne s'inquiétait de son comportement et de ses fréquentations. On n'a pas vraiment eu le temps de discuter. Moins de deux minutes plus tard, Julie a fait irruption dans le garage pour nous annoncer qu'elle n'avait plus besoin d'aller chez sa copine. Elle parlait d'une voix forte, car elle écoutait en même temps de la musique sur son baladeur. Puis elle est repartie vers la cuisine sans même me dire au revoir. C'est à ce moment que Pierre-Emmanuel est revenu. Il commençait à pleuvoir. Ils sont restés sous l'auvent, tandis que je suis remonté dans ma voiture. Dans le rétroviseur, je les ai aperçus, côte à côte, plaqués contre la porte du garage pour ne pas se mouiller. Pierre-Emmanuel m'a fait un signe de la main. J'ai enclenché une vitesse en accélérant, histoire de lui montrer ce que mon 4 × 4 avait dans le ventre.

Je me tais. Saint-Simon contemple son œuvre d'un air content. Le grand Black a cessé de taper. Les mains en suspens au-dessus du clavier, il attend.

— Et alors ? me relance Saint-Simon, d'une voix douce.

Je déglutis :

— Au lieu d'avancer, le 4 × 4 est parti en marche arrière. Je n'ai pas pu freiner à temps.

Je m'effondre sur mon siège.

Jamais je n'oublierai le bruit d'os humains broyés contre la porte du garage.

Le grand Black me ramène des toilettes, où j'ai demandé à me rendre, sans montrer le moindre signe d'impatience. Au contraire, il semble plutôt content de dégourdir ses longues jambes.

Saint-Simon a placé une feuille blanche devant lui. Si j'en crois les ailes immenses qu'il vient de crayonner, il a opté pour une libellule.

J'ai à peine le temps de me rasseoir. Sans lever les yeux, il me pose une nouvelle question :

— Depuis combien de temps avez-vous votre permis, monsieur Verdun ?

— Depuis vingt-cinq ans. Je n'ai jamais eu d'accident. Juste deux contraventions parce que je ne savais pas faire fonctionner l'horodateur en centre-ville.

— Et après plus de vingt ans de conduite, vous confondez encore la première et la marche arrière…

— C'est la première fois que je conduis une voiture avec une boîte automatique.

— J'imagine que vous avez dû garer votre 4 × 4 en rentrant chez vous, après l'avoir récupéré chez le concessionnaire…

— Il y avait trois places de libres devant la résidence. Je n'ai pas eu à manœuvrer. Vous pouvez vérifier auprès de Mme Joubert, ma voisine. Elle passe son temps à surveiller la rue. Notre résidence est située dans un quartier tranquille, mais elle est persuadée que c'est la plaque tournante d'un trafic de drogue.

À petits coups de crayon minutieux, Saint-Simon dessine le corps de l'insecte, qui ressemble de loin au carénage d'un avion de chasse.

— Vous avez tout de même réussi à effectuer une marche arrière pour vous garer devant chez votre ex-femme, répond-il.

— J'avais les idées plus claires en arrivant qu'en repartant.

— Évidemment, avec un gramme deux dans le sang…

Il relève la tête et me dévisage, l'œil sévère. Je me résous à lui faire un aveu :

— Je n'ai jamais été très doué en conduite. J'ai dû passer mon permis sept fois avant de l'obtenir.

Il ne répond rien mais affiche un air goguenard qui m'humilie. Planqué derrière son ordinateur, le Black à la carrure de camionneur semble, lui, se retenir de rire.

J'ai beau être désormais un chef d'entreprise, je serai toujours le type dont on se moque.

À l'école primaire, c'était déjà comme ça. J'étais le plus chétif, jambes courtes et lunettes de myope. La cible idéale des caïds dans la cour. Quand ils jouaient au foot, c'était moi qu'ils visaient au lieu des buts.

Ce fut pire au lycée. J'avais une tête de premier de la classe, des épaules frêles et j'étais encore imberbe. De minuscules cratères acnéiques parsemaient ma peau jusqu'alors délicate. On me traitait au mieux de fayot, parfois même de tapette. Si les garçons m'insultaient, les filles, elles, m'ignoraient, ce qui était encore plus insupportable.

Je suis fils unique. Mon père était professeur de maths dans le lycée privé que je fréquentais. Ma mère ne sortait de la maison que pour faire ses courses. Jusqu'en terminale, je devais réciter chaque soir mes leçons à mon père, qui m'imaginait déjà à Polytechnique. Heureusement, j'avais deux bons copains, dénichés en dernière année de primaire.

Lucien portait le même prénom que son grand-père mort lors de la Première Guerre. Il avait également hérité de la tendance à l'obésité qui frappait, sans distinction de sexe, tous les membres de sa famille. Avec nos disgrâces réciproques, il était naturel que nous devenions amis. Dans la cour de l'école, on nous surnommait bien entendu Laurel et Hardy.

Je n'ai, en revanche, jamais compris pourquoi Christophe s'est joint à notre duo. Avec son regard sombre et sa chevelure bouclée de fils d'immigrés italiens, il était la coqueluche des filles du quartier. Sans doute Lucien et moi lui servions-nous de faire-valoir, mais Christophe aussi nous rendait service. Sous prétexte de les consoler, nous parvenions parfois à sortir avec les filles qu'il avait laissées tomber. Ces ébauches de flirt ne duraient pas longtemps – un jour ou deux avant qu'elles ne se ressaisissent.

L'inspecteur Saint-Simon a délaissé l'esquisse de la libellule, à laquelle il manque une patte. Il est en grande conversation téléphonique. L'officier black a fini d'imprimer ma déposition. Il me la tend, en même temps qu'un paquet de mouchoirs, au cas où.

— Je viens de parler avec le juge d'instruction, m'annonce Saint-Simon après avoir raccroché. Je crains que la situation ne se complique pour vous. Les policiers présents sur les lieux ont retrouvé votre fille recroquevillée dans un coin du garage, en état de choc. Avant d'être mise sous sédatif, elle n'a cessé de répéter au personnel soignant qu'elle avait tout vu et que vous aviez sciemment reculé pour écraser sa mère.

— Je vous demande pardon ?

C'est comme si j'avais reçu un direct en pleine poitrine. Je suffoque, le souffle coupé.

— C'est faux. Je ne l'ai pas fait exprès. Julie dit n'importe quoi.

— Il n'empêche que ce sont des accusations graves. Vous allez rester quelques heures de plus avec nous…

J'ai des spasmes dans le ventre. D'une main, je m'accroche au bureau de Saint-Simon.

— Qu'a dit Julie, exactement ?

— J'ai avisé le procureur du début de votre garde à vue, poursuit Saint-Simon, imperturbable. Vous pouvez, si vous le souhaitez, être examiné par un médecin, prévenir un membre de votre famille et demander l'assistance d'un avocat.

Je réprime un tremblement. Je m'attends à être embarqué de force par deux policiers, menottes aux poignets.

Je n'ai pas besoin de médecin. J'ai une légère surcharge pondérale, mais pas d'hypertension. Je ne sais pas trop à qui téléphoner. Je n'ai aucune envie d'appeler mon père. Ce n'est pas la peine d'essayer de parler à ma mère. La tombée du jour la déprime. Elle se couche avec le soleil, après avoir avalé deux somnifères. Mon ex-femme et ma fille sont à l'hôpital. Je n'ose pas téléphoner à Lucien – sa femme ne supporte pas les appels téléphoniques après 19 heures. Christophe est journaliste. Je préfère ne pas le mettre au courant. Je n'ai pas le courage de joindre Thomas sur son portable pour lui annoncer que j'ai écrasé sa mère.

Concernant l'avocat, je n'en connais aucun et, de toute façon, je n'en ai pas besoin. C'est un accident. Jamais je ne ferais de mal à la mère de mes enfants.

Le grand Black me sourit, déloge une poussière invisible sur le col de sa veste et m'invite à le suivre. Je me lève sans un mot. Dans un reportage télévisé, d'anciens délinquants témoignaient de la vétusté des locaux de garde à vue. Je m'attends au pire : un banc en ciment en guise de lit ou un matelas souillé posé à même le sol, la compagnie de drogués en manque et des odeurs d'urine nauséabondes.

— Nous avons fait repeindre la pièce il y a quelques jours. J'espère que vous ne serez pas incommodé par l'odeur, me prévient le policier en me précédant dans le couloir. Il y a une bassine en plastique, en cas de nouvelles nausées. Si vous avez besoin de quoi que ce soit, n'hésitez pas à m'appeler. Je suis de garde, ce soir.

Il fait devant moi l'inventaire de mes affaires – portefeuille, montre, téléphone portable... – et me prie d'ôter mes chaussures ainsi que ma ceinture. Il s'excuse, mais c'est le règlement. Puis il s'efface pour me laisser passer, à la manière d'un maître d'hôtel.

La pièce est vaste. Dans un coin, je distingue un sommier et un matelas pourvu d'un drap propre et d'une couverture qui semble neuve. Le grand Black m'explique qu'il a obtenu de la changer. Mon prédécesseur avait déchiqueté l'ancienne à coups de dents. À côté de la bassine, il a déposé une bouteille d'eau minérale. La cuvette des toilettes a été récurée. Le plafond, comme celui du hall d'accueil, est orné de moulures. Du vasistas pourvu de barreaux, j'aperçois le clocher de l'église, éclairé par un lampadaire.

Avant de sortir, il me demande si je souhaite qu'il ferme le vasistas. Il l'avait ouvert pour aérer mais il a peur que j'aie froid. Je le remercie de sa gentillesse. Il me répond que ça lui fait plaisir de recevoir ses « clients » dans des conditions décentes.

Je m'allonge sur le matelas et je me force à garder les yeux ouverts. Je redoute de m'endormir. J'ai peur de rêver de Marianne, de son doux visage ensanglanté. Tout s'est passé si vite.

Je ne veux pas qu'elle meure.

2

Lundi 21 octobre 2002

— Votre ex-femme est décédée il y a une heure.

L'officier Saint-Simon m'a juste laissé le temps de m'asseoir avant de m'assener la nouvelle. Je me recroqueville sur mon siège qui me paraît soudain moins confortable. J'ai le visage en feu. Sans doute l'émotion. En une seconde, je suis passé du statut d'ex-époux à celui de veuf. J'ai besoin d'un peu de temps.

Dans les séries télévisées, le héros rentre la tête dans les épaules à l'annonce d'une mauvaise nouvelle. Moi, mes épaules ne bougent pas. Elles sont par nature affaissées. Je suis né avec un torse creux et un buste étroit. Pour pallier ce handicap, j'ai pratiqué de nombreux sports : la natation, l'aviron et la musculation en salle. Rien n'y a fait. Je me balade dans la vie en donnant l'impression de porter le poids du monde.

Marc de Saint-Simon anticipe ma requête et me tend un paquet de Kleenex neuf. Je me mouche bruyamment sans essayer de retenir mes larmes. Il m'observe avec l'attention d'un entomologiste ayant découvert une nouvelle espèce de lépidoptères. Sous ses sourcils broussailleux, ses yeux sont rouges de fatigue. Il est cinq heures du matin. Cela fait plus de dix heures d'affilée qu'il travaille. Sa chemise est froissée et sa cravate de travers.

Je ne suis pas plus frais. J'ai peu dormi, dans la pièce sentant la peinture fraîche. Ma chemise en coton écru est froissée et mon pantalon de velours à côtes a une petite tache à la hauteur du genou droit. Pour me rendre chez Marianne, j'avais choisi une tenue campagnarde. En semaine, je porte un costume Hugo Boss dont les épaulettes renforcées me donnent de la carrure.

Ce que j'aime dans mon nouvel appartement, c'est son immense dressing. Mes chemises y sont pendues et classées en fonction des occasions – rendez-vous d'affaires, soirée entre copains ou dîner romantique. Le vendredi, si je n'ai pas de client à voir, je m'autorise une tenue plus décontractée, comme les Américains : un simple polo Lacoste sous mon veston aux épaules rembourrées. Je laisse ma cravate sur son portant, à côté du tiroir où mes slips sont triés par couleur.

Je n'ai plus de mouchoirs. Il est temps que je réagisse. Je demande à me rendre auprès de Marianne.

— À la morgue ? Je ne vous le conseille pas. Vous paraissez d'une nature sensible. De toute façon, votre ex-beau-père est déjà sur place pour les formalités.

— Elle est vraiment très… abîmée ?

— « Écrasée » serait le terme plus exact. De multiples fractures au visage. Enfoncement d'une partie de la cage thoracique et du bassin. Elle a succombé à une hémorragie interne. Le problème, en cas d'accident avec un 4 × 4, c'est qu'il touche aux parties vitales.

Avec une voiture au châssis plus bas, on peut s'en tirer. Les membres inférieurs sont juste réduits en bouillie.

Je déglutis.

— Vous n'auriez pas dû acheter un 4 × 4 avec une roue de secours accrochée au hayon, poursuit Saint-Simon d'une voix tranquille. L'impact en a été plus violent.

— Je voudrais me rendre aux toilettes…

Par réflexe, l'inspecteur a reculé ses pieds sous sa chaise. Il décroche le téléphone avec un soupir pour appeler un agent.

Le policier black prévenant est rentré chez lui. C'est une blonde bien roulée qui l'a remplacé. Elle porte un pull ras de cou noir qui épouse sa poitrine au maintien ferme. Elle me précède dans l'escalier monumental reliant le premier étage au rez-de-chaussée où se trouvent les toilettes. Je remarque à peine les barres dorées fixées à chaque marche qui devaient autrefois retenir un tapis. Je suis trop occupé à détailler sa croupe ondulante. Sa minijupe en jean moule ses fesses, et ses bottes à hauts talons lui donnent une allure d'amazone.

Arrivé devant l'urinoir, j'ai du mal à ouvrir ma braguette. Il me faut attendre quelques secondes que mon sexe reprenne une allure civilisée. Depuis que j'ai douze ans, j'ai du mal à maîtriser des érections inopportunes. La dernière date de la semaine dernière. Une ravissante commerciale s'était présentée à l'accueil. Elle désirait des renseignements sur les cours de chinois. Assis derrière le comptoir, je remplaçais la secrétaire partie poster le courrier. Elle prenait son temps. Je la soupçonne d'en profiter pour faire un peu de lèche-vitrines. J'ai dû patienter quelques minutes avant de pouvoir me lever et aller chercher un dépliant dans l'armoire.

Ce genre de filles, ce n'est pas pour moi. Elles sont trop belles, trop exigeantes. Au-dessous d'un mètre quatre-vingts, un homme n'existe pas.

Dès l'adolescence, nous avons compris, Lucien et moi, que nous ne jouions pas, côté filles, dans la même catégorie que Christophe. Lui, il lui suffisait de leur sourire et de leur effleurer la nuque, non loin de l'oreille, pour les faire fondre. Après avoir bien observé les différentes phases de son approche, je m'y suis essayé.

L'année de la terminale, le lycée privé que je fréquentais avait accepté d'accueillir des filles pour la première fois de son histoire. L'institut pour jeunes filles, situé en face et appartenant à la même congrégation, avait été obligé de fermer pour cause d'insalubrité. Craignant que les lycéennes ne passent à la concurrence – des Jésuites ayant pignon sur rue à quelques mètres de là –, la direction avait décidé de rapatrier pour un temps ces brebis égarées. Mon père était contre, comme la majorité de ses collègues, mis à part le professeur de chant qui avait besoin de voix haut perchées pour sa chorale. Le corps professoral, dans son ensemble, craignit qu'un tel afflux de jeunes filles – pourtant revêtues d'un strict uniforme – ne perturbe nos révisions en vue du bac. L'arrivée de ces adolescentes provoqua en effet un bouleversement hormonal sans précédent sur les deux cent quarante-cinq élèves. Il toucha même les chastes séminaristes chargés de nous surveiller.

À cette époque, déjà, je ne brillais ni par mon physique ni par mon charisme. Mais j'étais plutôt bon élève. Besogneux, efficace dans la prise de notes et la résolution d'équations. À la rentrée, notre classe accueillit trois jeunes filles. Le professeur principal en mit deux ensemble à une table et plaça la troisième à côté de moi.

Dès le deuxième jour, je perdis le fil du cours de trigonométrie, trop absorbé par le profil de ma voisine qui s'appelait Martine. Sa poitrine était, à vrai dire, la seule partie attrayante de son anatomie. Elle était brune, boulotte et ses cheveux raides étaient coupés très court.

Je passai les deux jours suivants à repérer la zone que je voulais effleurer comme le faisait Christophe, entre le lobe de l'oreille droite et le fin duvet sombre de la nuque. Le problème, c'est que Martine portait des lunettes et que l'une des branches cachait l'endroit stratégique. J'attendis le cours de travaux pratiques en chimie. J'avais remarqué qu'elle ôtait ses lunettes pour appliquer son œil sur le microscope. Ce jour-là, elle observait les alvéoles pulmonaires d'une grenouille dépecée par ses soins. Je me penchai vers elle et touchai sa peau d'un doigt que j'espérais sensuel. Elle poussa un cri perçant en relevant la tête. Le microscope se brisa avec fracas sur le sol carrelé.

Je m'en tirai avec un sermon de la part du surveillant général et trois heures de colle, les seules de toute ma scolarité. Mon père me priva de sorties et m'obligea à travailler les annales de math pendant trois mois. Le professeur principal expédia Martine à côté d'un autre élève, qui voulait devenir prêtre.

Quatre mois plus tard, je retentai le coup avec une autre fille, au cinéma. Christophe nous avait arrangé un rendez-vous avec deux copines d'Alice, sa petite amie du moment. Une seule vint, mais Lucien, bon prince, me la laissa, en échange de mon paquet de pop-corn. Assis à côté de Christophe, qui pelotait son amie, je respirai un grand coup et me concentrai sur mon objectif, toujours entre l'oreille et la naissance des cheveux. Dans le noir, il n'était pas aisé de distinguer ma cible. Je décidai de me fier à mon instinct de mâle et me lançai à l'aveuglette. « Arrête, tu me chatouilles », m'ordonna la copine d'Alice. Elle tapa d'un coup sec sur ma main, comme pour chasser une mouche importune. Puis elle se leva et alla s'installer trois places plus loin.

« Le film n'était pas mal », commenta Lucien à la sortie, tout en finissant mon cornet de pop-corn.

— Bon, on remonte ou vous désirez vomir ?

Le regard de la femme policier passe au-dessus de moi sans s'arrêter. Elle se concentre sur son reflet dans le miroir et vérifie que son rimmel n'a pas coulé. Mon sexe gît, recroquevillé dans mon caleçon. Je ne sais pas si c'est l'effet de l'annonce de la mort de Marianne ou le manque de sommeil, mais je n'ai pas assez d'énergie pour la draguer.

Trouver une petite amie, ou une partenaire sexuelle, m'a toujours demandé beaucoup d'énergie.

Lors des boums de mon adolescence, j'apportais déjà le plus grand soin au choix de mes vêtements pour éviter de me prendre une veste. Tout était important : la coupe du jean pattes d'éléphant et le col évasé de la chemise.

À peine cinq minutes après mon arrivée, j'avais déjà évalué mes chances de sortir avec une fille. Il y avait en gros trois types : la catégorie supérieure, qui comprenait les jolies filles, habillées à la dernière mode et déjà formées. Celles-ci, je n'osais pas leur adresser la parole. Je me contentais de ricaner avec Lucien sur leur passage. La catégorie intermédiaire était composée de filles moins jolies, mais qui compensaient ce handicap grâce à des tenues dans le coup. S'il y avait plus de filles que de garçons, cette catégorie m'était parfois accessible. En cas de garçons en surnombre, je devais me contenter de la dernière catégorie, qui réunissait en vrac les binoclardes, les boutonneuses et les mal fagotées.

La vie, finalement, n'est qu'une simple question d'arithmétique.

Tout en me trémoussant face à Lucien, j'attendais avec impatience la série des slows. L'ambiance et l'obscurité aidant, j'arrivais parfois à dénicher une fille avant la fin du premier 33 tours.

Une fois sur la piste – le garage du père d'un copain ou la salle à manger, débarrassée de la table de la grand-mère –, il s'agissait d'adopter la bonne distance. Pas trop près, pour ne pas effrayer la donzelle, ni trop loin pour avoir une chance de la peloter. Il fallait trouver une bonne phrase d'attaque, ni trop plate ni trop intellectuelle, tout en regrettant la bière bue en cachette avant de venir pour se décontracter. Pour éviter de sentir l'alcool, certains de mes copains optaient pour le chewing-gum à la menthe. Une solution fatale quand on embrassait une fille munie d'un appareil dentaire.

Si une fille daignait rester dans mes bras jusqu'à la fin de la série, je devais anticiper mes érections impromptues, sous peine de passer pour un obsédé. C'est ainsi que je quittais fréquemment la piste, sous prétexte d'aller aux toilettes, laissant la fille en plan et me taillant une réputation d'inconstant.

Plus tard, dans les bals ou les boîtes de nuit, je changeai de tactique. Dès que je sentais mon sexe battre la mesure d'une façon trop perceptible, je conduisais ma conquête au bar pour lui offrir à boire. C'est ainsi que je dépensais l'argent gagné en tondant la pelouse de mes voisins, pour des filles qui, une fois les lumières rallumées, étaient loin d'être physiquement rentables.

Me voilà de nouveau dans l'escalier, derrière l'agent de police sexy. Je me concentre sur les marches pour ne pas me perdre dans l'ombre de sa jupe, dont je suppute la moiteur prometteuse. Ma mère l'aurait traitée de Marie-couche-toi-là, en pinçant ses lèvres fines. À la maison, bien sûr, on ne parlait jamais de sexe. Il n'y avait pas Internet et mon père n'allumait la télévision que pour suivre les informations et la dramatique du mardi soir. La chambre de mes parents était située loin de la mienne et son lit à deux places, recouvert d'une courtepointe à fleurs, n'inspirait aucune rêverie érotique.

Le bac en poche, j'avais quitté le lycée pour entrer dans une école privée non mixte, préparant au concours de Polytechnique.

Mon éducation sexuelle, je l'ai faite en écoutant Christophe me raconter ses exploits, à coups de superlatifs, et grâce à l'encyclopédie que je consultais en douce dans le bureau de mon père quand il était absent.

Je suis resté puceau jusqu'à mon départ en Angleterre, à l'âge de vingt ans.

Chaque fois que la femme flic grimpe une nouvelle marche, sa jupe remonte un peu. Je me demande si elle porte une culotte ou un string. Un string, sûrement, il n'y a aucune marque disgracieuse sur sa jupe. Je regrette que le bureau de l'officier Saint-Simon ne soit qu'au premier étage. C'est le genre de fille qu'un type grand, aux épaules carrées, comme mon copain Christophe, peut emballer sans se donner trop de mal. Les hommes courts sur pattes, comme moi, doivent davantage travailler leur approche pour espérer conclure.

L'âge aidant, les étapes sont de plus en plus longues et laborieuses. Pour optimiser ses chances, il faut inviter sa proie en tête à tête dans un bon restaurant et l'écouter sans bâiller raconter son enfance. Puis il s'agit de compatir au récit de ses relations difficiles avec son père ou son ex. Un certain pouvoir d'achat ne nuit pas, mais il convient également de se montrer humain. Les femmes aiment bien qu'on leur confie de menues anecdotes familiales ou, mieux, quelques secrets émergés du divan d'un psy. Parfois, c'est insuffisant. Un de mes copains s'est tapé une exposition sur l'art primitif chinois et une rétrospective d'Ingmar Bergman avant d'arriver à ses fins. Et, le lendemain, il a dû accompagner sa conquête au marché bio, un panier en osier sous le bras.

— Il y a un détail qui me tracasse, monsieur Verdun.

Cela fait presque vingt-quatre heures que je suis dans ce commissariat. La femme flic m'a accompagné dans la pièce repeinte qui sert pour les gardes à vue. Je me suis affalé sur le matelas et j'ai dormi quelques heures d'un sommeil sans rêve. C'est le grand Black qui m'a réveillé. Il m'a tendu mes chaussures, me recommandant de les mettre tout de suite à cause du sol froid. Puis il m'a proposé un café et des gâteaux secs, des sablés de Bretagne. Il en a tout un stock dans son bureau, ce sont ses parents qui les lui envoient. Il est né à Brest.

Marc de Saint-Simon a changé de chemise et remis sa cravate. Il a l'air frais comme un gardon.

— Les blessures qui ont été fatales à votre ex-femme tendent à montrer qu'elle n'était pas adossée contre le garage, mais qu'elle se tenait de biais lorsque vous l'avez heurtée. Vous souvenez-vous de sa position exacte, au moment où vous êtes monté dans votre véhicule ?

Je me concentre. Tout est si flou dans mon esprit.

— J'avoue que je ne m'en souviens pas.

— D'après la position de son corps, elle a essayé de se dégager en s'élançant vers la gauche. Elle s'est sûrement rendu compte qu'elle était en danger. Vous ne l'avez pas entendue crier ?

— Les vitres étaient fermées et j'écoutais un CD. Je n'ai rien entendu.

Je déglutis en pensant à ma fille et à ses accusations, dont je ne connais toujours pas la teneur exacte. Les larmes me montent aux yeux. La femme flic, qui a pris la place du grand Black derrière l'ordinateur, me lance un regard méprisant. Saint-Simon allume une cigarette. Il a de nouveau son air narquois de félin.

— Ce qui m'étonne, c'est la façon dont vous avez démarré. Nos experts ont relevé sur le sol des traces de pneus montrant que c'était sur les chapeaux de roues. Vous n'y êtes pas allé de main morte, si j'ose dire.

Je rougis, regarde mes chaussures et réponds :

— Je voulais impressionner Pierre-Emmanuel.

— Ce qui explique sans doute que vous n'ayez pas pu freiner à temps. Mais cela, nos experts le confirmeront.

Devant mon silence, il reprend, d'une voix bonhomme :

— Le compagnon de votre ex-femme n'a qu'une fracture du bassin et les hanches en compote. Il s'est jeté sur le côté, ce qui lui a sauvé la vie. Manque de chance, dans sa chute, sa tête a heurté violemment un bac à fleurs en ciment. Il est dans le coma. C'est embêtant pour vous, ça…

— Quel âge a-t-il, déjà ? l'interrompt la flic blonde.

— Ving-cinq ans.

Je baisse la tête. Je me sens toujours ridicule à l'évocation de la différence d'âge entre Marianne et Pierre-Emmanuel. Presque vingt ans. Une génération.

Marc de Saint-Simon consulte sa montre. Il soupire, comme à regret.

— Vous pouvez partir. Le juge n'a pas estimé utile de prolonger la garde à vue. Ce n'était pas mon avis.

La flic blonde se lève.

— Il vous est interdit de quitter le département, me rappelle-t-elle une nouvelle fois, en prenant le ton d'une institutrice. Vous allez me suivre pour signer les papiers signifiant la fin de votre garde à vue.

Marc de Saint-Simon me raccompagne à la porte qu'il m'ouvre courtoisement. Il manque de heurter un agent qui s'apprêtait à entrer dans son bureau.

— Pour vous, patron. Les premiers résultats du labo.

Saint-Simon parcourt les documents, puis il relève la tête et me regarde. Il pose pesamment sa main sur mon avant-bras, comme pour me retenir.

— J'ai là des informations qui vous intéresseront peut-être, monsieur Verdun. Saviez-vous que votre ex-femme était enceinte ?

3

Mardi 22 octobre 2002

— Thé ou café ?

Le serveur du bar me regarde d'un air bizarre. Je suis sûr qu'il m'a reconnu. Le journal local a fait sa une ce matin avec l'accident dont Marianne a été victime. Une photo d'elle illustre le texte, ainsi qu'un cliché me représentant devant l'entrée de mon institut de langues. Je ne sais pas comment ils se sont débrouillés pour l'obtenir. C'est celui qui agrémente le dépliant destiné à de futurs étudiants. J'aurais préféré éviter ce genre de publicité.

Lucien a lui aussi remarqué le coup d'œil appuyé que le serveur m'a lancé

— Ne t'inquiète pas. C'est qu'un pédé qui te trouve à son goût, me rassure-t-il, avec son élégance langagière habituelle.

Lucien m'attendait devant le commissariat. Je l'avais appelé pour qu'il vienne me chercher. Nous avons commencé à remonter la rue piétonne. Après avoir passé vingt-quatre heures enfermé, j'avais envie de me dégourdir les jambes. Mais, au bout de cinq minutes, j'ai préféré me réfugier dans un café. J'avais l'impression que tous les passants me dévisageaient. Compréhensif, Lucien s'est dirigé vers la table la plus en retrait, derrière laquelle il a réussi à glisser son mètre quatre-vingts et ses cent cinq kilos.

— Tu as réussi à joindre Julie ?

— J'ai appelé l'hôpital. Elle n'y est plus. J'ai essayé de la contacter sur son portable. Je suis tombé sur sa messagerie.

— Et Thomas ?

— Je lui ai laissé un message. Il ne m'a pas rappelé.

— Ne t'inquiète pas, Vincent, ils sont grands. Ils peuvent se débrouiller.

Derrière ses lunettes, le regard empli de compassion de Lucien ressemble à celui d'un cocker. Son visage est bouffi et ses cheveux de plus en plus rares. Après une maîtrise de gestion, il a été embauché comme conseiller commercial dans une banque. Il y travaille depuis vingt ans et occupe désormais le poste de chef d'agence. Un travail sédentaire qui, en plus de son goût pour la bonne chère, entretient son embonpoint et un taux de cholestérol élevé.

La porte du bar s'ouvre avec fracas. Christophe apparaît, l'oreille vissée à son portable. Il se dirige vers nous. Je grimace en le voyant.

— Je t'avais dit de ne pas l'appeler.

— Désolé. Il m'a contacté tout de suite après ton coup de fil du commissariat. J'ai pas pu lui mentir, s'excuse Lucien, en piquant du nez vers sa tasse de café.

Comme un vieux bordeaux millésimé, Christophe s'est bonifié avec l'âge. Ses cheveux noirs, toujours bouclés, lui tombent aux épaules. Il les coiffe en arrière, pour dégager son visage et mettre en valeur ses yeux sombres. Quelques fils argentés parcourent sa chevelure et de fines rides parcheminent son front, mais cela ne fait qu'ajouter à son charme. Hiver comme été, il porte un pantalon et un tee-shirt noirs qui soulignent sa musculature. Après avoir traîné quelques années en fac de lettres modernes – discipline choisie parce que les filles y étaient majoritaires –, il est entré comme pigiste dans une radio locale. Vingt ans plus tard, il en est devenu le rédacteur en chef. Il est à la tête d'une dizaine de journalistes soucieux de lui plaire et d'un aréopage de jeunes stagiaires, qu'il sélectionne en fonction de leur physique.

Christophe raccroche enfin et m'envoie une solide bourrade amicale avant de s'asseoir.

— Alors, tu tiens le coup, camarade ?

Croisant mon regard méfiant, il tient à mettre les choses au point.

— Tu oublies le journaliste. C'est le pote qui est venu t'aider.

Je ne demande qu'à le croire et me détends un peu. Après la suspicion de l'inspecteur Saint-Simon, les questions incessantes et la nuit blanche que j'ai passée, cela me fait du bien d'être entouré de mes copains d'enfance.

Ils étaient là, vingt ans plus tôt, à mon retour d'Angleterre. Ils m'avaient accueilli à la gare. On s'était rendu directement dans un bistrot qui ressemblait un peu à celui-ci, avec son atmosphère enfumée, ses piliers de bar à l'équilibre incertain et ses joueurs de tiercé déprimés.

En 1977, à l'âge de vingt ans, j'avais quitté la France sur un coup de tête. On était en octobre et j'entamais sans enthousiasme ma deuxième année de prépa. J'avais, à vrai dire, la tête ailleurs. J'étais tombé amoureux.

Depuis l'âge de seize ans, je travaillais chaque été pour me faire de l'argent de poche. Mon père avait décrété que c'était une bonne expérience et que je devais m'aérer entre deux révisions. C'est ainsi que j'avais passé trois étés à ramasser des fruits dans le verger de mon oncle, en compagnie d'un escadron viril de Marocains clandestins.

L'année de mes vingt ans, j'avais répondu à une offre d'emploi publiée dans le journal local. Un camping en bord de mer recherchait un étudiant pour conduire un petit train. Mon travail consistait à faire, vingt-cinq fois par jour, la navette entre le camping et la plage. Les jambes coincées dans le minuscule habitacle de la locomotive électrique, j'avais l'air ridicule, coiffé d'une casquette affichant le logo bicolore du camping. Roulant à cinq à l'heure, je traînais six wagons aux couleurs acidulées, qui débordaient de gosses surexcités, de touristes sentant la crème à bronzer, de sacs pleins de sandwichs et de matelas de plage déjà gonflés. Mais le salaire était correct, j'étais hébergé gratuitement sous une canadienne, et c'était moins fatigant que de ramasser des pommes.

Deborah, que ses copines appelaient Debbie, prenait parfois le train pour rentrer de la plage. Sa peau rousse de vacancière anglaise était fragile. Elle l'abritait sous un grand chapeau de paille et portait d'amples robes en cotonnade légère qui recouvraient ses bras et lui descendaient jusqu'aux chevilles. Nous sympathisâmes et, la veille de son départ, je parvins à l'attirer sous ma tente. J'eus à peine le temps de la peloter avant de reprendre mon service pour le dernier trajet de la journée. Quand je revins, après avoir déchargé ma dernière cargaison de touristes cuits à point, elle avait disparu. Mais elle m'avait laissé, sur un bout de papier, son adresse à Londres.

Je décidai de la rejoindre un matin brumeux, alors que le prof de maths distribuait les copies d'un examen blanc. Après le cours, je rentrai chez moi pour préparer un sac de voyage. La maison était déserte. Ma mère faisait ses courses et mon père était au lycée. Je leur laissai un mot d'explication succinct, précisant que j'avais envie de parcourir le monde et que je détestais les mathématiques. Je crois que mon père ne se remit jamais de cette désertion.

Je passai ma première nuit londonienne dans un hôtel borgne, à côté de la chambre d'une prostituée qui imitait Maria Callas pour simuler l'orgasme. Debbie avait déménagé, un mois plus tôt, et sa logeuse n'avait pas son adresse.

Redoutant d'affronter mon père à mon retour, je décidai de rester quelques mois à Londres. À cette époque, il n'était pas difficile pour un jeune Français d'y trouver du travail. Je dénichai très vite un emploi de serveur dans un fast-food, non loin de Piccadilly Circus. Je m'installai dans un appartement que je partageais en colocation avec un Irlandais nostalgique et un Italien noctambule. Deux soirs par semaine, je prenais des cours pour améliorer mon anglais. Je pratiquais par ailleurs la langue de Shakespeare avec de jeunes Anglaises, qui, à ma grande surprise, me draguaient quand je prenais leur commande.

Je perdis ainsi ma virginité dans les bras de Connie, qui travaillait dans le pressing situé en face du fast-food qui m'employait. Chaque jour, à midi pile, elle venait m'acheter un sandwich au saumon, un brownie au chocolat et un litre de Coca-Cola. Son tour de taille était à l'image de son régime alimentaire et c'est en me perdant dans ses replis graisseux que j'atteignis pour la première fois un plaisir non manuel.

Je fus enchanté de l'expérience. Encouragé par la courtoisie toute britannique de Connie, qui ne se formalisa pas de la brièveté de ce premier rapport, je sautais, si j'ose dire, sur toutes les occasions, sans préjugés d'âge, d'ethnie ou de classe sociale. Pas mal de rondes, quelques maigres et une obèse. Des brunes, des rousses, des blondes, et même une chauve qui suivait une chimiothérapie. Dix-sept en deux ans. Je les ai comptées.

Mes colocataires n'étaient pas en reste. L'Irlandais affichait une nette préférence pour ses compatriotes, et il ne désespérait pas d'en trouver une qu'il puisse ramener au pays. L'Italien avait, lui, une prédilection pour les Françaises. C'est ainsi que je fis la connaissance de Marianne Pomerol.

Le portable de Christophe sonne. Il répond, puis raccroche. Durant cette courte conversation, il n'a pas cessé de fixer la porte du café.

— Je crois qu'il est temps de filer, dit-il.

Il enfile son blouson noir et me fait signe de me lever.

— J'ai pas fini ma tarte aux pommes, proteste Lucien, qui ne conçoit pas de boire un café sans l'accompagner d'une pâtisserie.

— Dépêche-toi, on se casse, insiste Christophe.

Lucien se lève en maugréant. Son ventre bute contre la table, la faisant légèrement trembler. Déjà, Christophe me tire par la manche et se dirige vers la porte, qu'il franchit rapidement.

Nous nous retrouvons à l'extérieur. Un jeune homme qui porte un blouson de motard nous emboîte le pas.

— Monte à l'arrière, m'ordonne Christophe en déverrouillant sa voiture. Et allonge-toi sur la banquette.

Lucien nous rejoint. Christophe a déjà mis le contact.

— Je t'appelle, lui lance-t-il en démarrant. Et surtout, tu la boucles si on te pose des questions sur Vincent.

Lucien nous regarde partir, les bras ballants et l'air perplexe.

Le rétroviseur central me renvoie l'image d'une moto qui nous suit. Christophe accélère. J'ai mal au cœur et de nouveau envie de vomir. Je proteste :

— Ralentis. On va avoir un accident. Vas-tu m'expliquer ce qui se passe ?

— Le type avec le blouson qui est entré dans le bar, tout à l'heure, est un journaliste du canard local, celui qui a écrit l'article. Un jeune fouille-merde qui réussira. Il t'a reconnu. Il nous suit à moto. On va le semer, ne t'inquiète pas.

Je me recroqueville sur le siège arrière. Je ne sais pas si Christophe agit ainsi par amitié ou pour avoir l'exclusivité d'une interview.

Mme Joubert, la veuve de l'officier de marine, a assisté à notre arrivée, il est vrai peu discrète. Christophe a pilé devant la résidence, m'a fait sortir à toute vitesse de la voiture, puis m'a poussé vers l'entrée. On se croirait dans un film d'action, sauf que je n'ai pas l'étoffe d'un héros. Mes doigts tremblent et j'ai du mal à composer le code qui ouvre la porte vitrée de l'immeuble.

— Grouille-toi, m'apostrophe Christophe, en ramenant sa chevelure en arrière d'une main impatiente.

C'est un tic, chez lui, lorsqu'il est énervé. Mais il semble plus calme maintenant que nous sommes parvenus à l'appartement. Pendant que je consulte mon répondeur, il écarte les rideaux de la fenêtre donnant sur le parking de la résidence.

— Ce petit enfoiré est planqué juste derrière le parking, marmonne-t-il en découvrant la moto de son collègue. Tu as des messages ?

— Deux de la rédaction du journal de ton pote à moto et un du plombier qui doit venir réparer la fuite d'eau dans la salle de bains. Les enfants ne m'ont pas appelé.

Christophe, qui n'a pas d'enfants, ne compatit pas. Il ouvre le frigo, sort deux bières et m'en tend une. Pendant qu'il boit la sienne, il m'abreuve de conseils : ne pas répondre à l'Interphone, ni au téléphone, baisser les stores de la baie du balcon et l'appeler en cas de problème.

— Je vais lui faire croire que tu quittes ton domicile caché dans ma voiture.

Avant de partir, il actionne la fermeture automatique des volets roulants, plongeant l'appartement dans le noir. Puis il me serre contre lui dans une accolade virile.

— Tu peux compter sur moi, dit-il.

Du vasistas de la buanderie qui donne sur l'entrée de la résidence, je regarde sa voiture sortir en trombe du parking. On dirait le chauffeur de Diana fuyant les paparazzi après un dîner au *Ritz*. Le motard a pris Christophe en chasse. Après leur départ, la rue retombe dans sa quiétude habituelle.

Je termine ma bière, affalé sur le canapé que j'ai acheté récemment, en même temps que la bibliothèque conçue par un designer suédois. Il est vaste et confortable avec ses formes arrondies. Il sent le cuir neuf, comme les sièges de mon 4 × 4. La télévision, dont j'ai coupé le son, meuble ma solitude de ses ombres bleutées. J'ai besoin de faire le vide.

Je m'apprête à prendre une douche quand on frappe à la porte. J'enfile un peignoir et me dirige vers l'entrée. Par l'œilleton, je distingue ma voisine. Je soupire et me résigne à ouvrir.

Mme Joubert est une vieille femme aux cheveux neigeux et au teint de porcelaine, mais sa silhouette fluette cache un caractère trempé. Elle me contemple de haut en bas, d'un regard bleu acier dans lequel je distingue une lueur d'appréciation. Elle n'est pas insensible à ce que laisse deviner ma tenue. Je me demande depuis combien de décennies un homme ne l'a pas touchée.

— Mon pauvre ami, c'est épouvantable, dit-elle en s'avançant.

Je reste dans l'embrasure de la porte, bien décidé à ne pas la laisser entrer.

— J'ai lu le journal et je me suis dit qu'une bonne soupe vous ferait du bien.

Elle se penche et prend sur le sol un Tupperware mauve que je n'avais pas remarqué. Je ne bouge pas, me contentant de lui adresser un sourire contrit. D'un regard, elle contemple avidement l'entrée de mon appartement, cherchant sans doute les traces de mon désespoir – vitres brisées ou sièges renversés.

— Très bien, je crois que je vais vous laisser, capitule-t-elle, devant mon silence.

Elle me tend le Tupperware. À travers le plastique, je sens la chaleur du liquide. Cela me réconforte.

— Peut-être devriez-vous le faire réchauffer, me conseille-t-elle. Quand on n'a pas le moral, il faut toujours manger chaud, disait mon pauvre Hubert.

Je la remercie. Elle fait demi-tour et se dirige, à regret, vers son appartement. Je verrouille ma porte et m'assieds sur le canapé. J'avale d'un trait la soupe, à même le récipient. Le breuvage me fait du bien, même si je sais que la compassion de ma voisine cache une macabre curiosité.

À partir de maintenant, il va falloir que je m'habitue à être une attraction morbide.

Je fixe la photo de mes enfants, posée sur une étagère de la bibliothèque, à côté de la télévision. Je contemple ensuite le visage de Marianne. Son portrait, un peu en retrait, est coincé entre un bouddha joufflu que Christophe m'a rapporté d'un reportage au Népal et un dictionnaire d'anglais.

À vingt ans, Marianne n'était pas ce qu'on appelle une jolie fille. Il fallait du temps pour découvrir son charme. Elle portait des lunettes et une queue-de-cheval, ce qui ne mettait en valeur ni ses yeux verts, qu'elle ne maquillait jamais, ni son épaisse chevelure brune. Si ses traits et le grain de sa peau étaient fins, l'adolescence lui avait laissé en souvenir quelques kilos de trop. Pour les dissimuler, elle portait des pulls informes, une tenue peu seyante qui la rapetissait – elle ne mesure qu'un mètre cinquante-cinq. Mon colocataire italien aimait les femmes girondes, et Marianne, timide, peu bavarde et discrète, le changeait de ses compatriotes, trop exubérantes à son goût.

Je ne suis pas tombé amoureux de Marianne lorsque nous nous sommes rencontrés, à l'occasion d'un dîner entre colocataires. D'abord, j'étais bien trop occupé par mes expériences anglaises et le désir de rattraper le temps perdu. Ensuite, Marianne était la petite copine attitrée de mon colocataire. Une règle implicite nous interdisait de nous piquer nos conquêtes. C'était un peu comme pour le frigo où chacun avait sa propre clayette, et personne ne picorait dans les plats des autres.

Marianne avait achevé un BTS d'administration des entreprises avant de venir à Londres pour perfectionner son anglais. Elle résidait à Kensington, où elle était employée comme jeune fille au pair chez une famille aisée. Elle dormait tous les quinze jours à l'appartement, le vendredi et le samedi. Nous nous croisions plus que nous ne nous rencontrions, car, de mon côté, lorsque je ne travaillais pas au fast-food, je passais mes week-ends dans les pubs ou le lit d'une Anglaise accueillante.

Je ne surpris qu'une fois l'intimité de Marianne, en découvrant par hasard un de ses sous-vêtements qu'elle avait mis à sécher, et oublié, sur le radiateur de la salle de bains commune. La vue de son ample culotte en coton blanc ne produisit chez moi aucune sensation érotique.

Je dus rentrer en France à cause de ma mère, qui avait été hospitalisée pour dépression nerveuse. Elle avait du mal à franchir le cap de la cinquantaine, et se retrouver en tête à tête avec mon père, depuis mon départ, n'arrangeait pas son état.

Je quittai à regret Londres et mes colocataires. Mon père m'attendait à la maison.

— Bon ! qu'est-ce que tu comptes faire maintenant ? me demanda-t-il avant même que je ne pose mes bagages.

La salle à manger sentait la cire et, de la cuisine, je percevais une odeur de soupe, préparée par la femme de ménage. Lorsque je vivais à Londres, j'avais la sensation grisante, en me levant, que tout était possible. Revenir dans ma ville natale me fit l'effet d'un enterrement de première classe. Lucien avait été embauché à la banque. Christophe, toujours pigiste, se démenait pour se faire remarquer par son rédacteur en chef, tout en projetant déjà de lui piquer sa place. Mes camarades de prépa avaient intégré de grandes écoles. La plupart avaient réussi le concours d'entrée à Polytechnique.

— Tu aurais pu faire une belle carrière, si tu n'avais pas tout envoyé promener, me répétait mon père lorsqu'il me découvrait plongé dans les petites annonces, à la recherche d'un hypothétique emploi.

J'avais obtenu un bac scientifique avec mention très bien mais je ne pouvais mettre en avant qu'un poste de serveur outre-Manche sur mon curriculum vitae. Je parlais cependant l'anglais couramment. Cédant à l'insistance de mon père, qui avait un ami au rectorat, je posai ma candidature. C'est ainsi que je me retrouvai professeur vacataire dans un collège de la ville, pour enseigner l'anglais à des petits morveux.

Ma mère avait réintégré le domicile familial, et elle y passait les journées à compter ses cachets. J'allais la voir chaque week-end, mais, pour plus d'autonomie, j'avais loué un petit studio non loin du collège. Un an plus tard, j'étais en train de corriger les copies de ma classe de 5e 2, lorsque le téléphone sonna.

La voix féminine, au bout du fil, me fit l'effet d'une madeleine de Proust. En écoutant Marianne, je me remémorais la période la plus heureuse de ma vie. Comme moi, elle était rentrée en France depuis deux ans, et elle travaillait comme assistante commerciale dans une grande entreprise à Paris. Elle venait d'être mutée dans ma ville natale, où elle ne connaissait personne. Elle avait obtenu mon numéro grâce à son ex-petit ami italien, resté en Angleterre. Je lui proposai de la retrouver dans un bar, heureux à l'idée d'évoquer mes souvenirs londoniens avec elle.

Comme lors de notre première rencontre, je ne ressentis aucun trouble en la revoyant. Physiquement, elle avait pourtant changé. Elle avait fait couper ses cheveux longs, et avait opté pour un carré sage. Elle était vêtue avec plus de recherche, d'un pantalon à pinces noir et d'un pull vert un peu moulant, dont la couleur faisait ressortir celle de ses yeux, désormais maquillés. Elle portait toujours des lunettes mais avait un peu maigri. En revanche, elle paraissait toujours aussi timide et je dus insister pour qu'elle accepte de dîner dans un restaurant italien, en souvenir de notre ami commun.

Nous nous revîmes régulièrement. Je n'éprouvais pour elle aucun sentiment amoureux mais, à cette époque, je me sentais très seul. Lucien venait de rencontrer la femme de sa vie et Christophe enchaînait avec brio les aventures d'un soir et les reportages. Les femmes ne résistaient jamais longtemps à son micro, qu'il brandissait avec vigueur sous leur nez.

Pour ma part, je m'étais rapidement aperçu que mon charme gaulois n'opérait qu'outre-Manche. Depuis mon retour, excepté une sordide partie de jambes en l'air avec une fille soûle rencontrée en discothèque, je n'avais épinglé aucune conquête à mon tableau de chasse.

La compagnie de Marianne était agréable, surtout parce qu'elle m'écoutait discourir sans m'interrompre. Lors de nos rencontres, j'évoquais avec nostalgie ma vie anglaise, en l'embellissant un peu, et lui parlais de mes projets. J'avais décidé de retourner vivre à Londres.

Un soir où elle avait bu plus d'un verre de vin, Marianne s'enhardit à me confier qu'elle y songeait également. Sa société possédait plusieurs filiales en Angleterre, et elle projetait de faire une demande de mutation.

Dès lors, nous passâmes de plus en plus de temps ensemble à mûrir ce projet commun. Nous avions décidé, dans un premier temps, de partager un appartement, puis de louer chacun un logement, dans le même quartier, afin de rester en contact.

Marianne entrait dans ma vie à petits pas patients. Je la présentai à ma mère, que j'avais informée de mon futur départ, afin qu'elle sache que je ne partais pas seul et ne s'inquiète pas. Lucien, entre-temps, s'était installé avec sa copine dans un coquet appartement. Il nous invita à dîner et, pour la première fois de ma vie, j'arrivai accompagné à une soirée. Je posai sur l'épaule de Marianne un bras de propriétaire pour la guider jusqu'à la table. Je me sentais enfin dans la norme.

Christophe, également convié, jeta un regard blasé sur les fesses dodues de Marianne, lorsque je la lui présentai. Deux semaines plus tard, il organisa une fête pour célébrer son intégration définitive à la radio. Je demandai à Marianne de m'y accompagner.

Lorsque nous arrivâmes, de nombreux invités se pressaient déjà dans l'appartement de Christophe, en majorité des artistes locaux et des journalistes. Parmi eux, je remarquai une jeune femme blonde au décolleté plongeant, prénommée Natacha. Enhardi par les trois bières que j'avais bues pour me mettre dans l'ambiance, je m'approchai d'elle. Natacha me confia qu'elle adorait voyager. D'origine russe, elle suivait une formation pour devenir hôtesse de l'air. Pour l'impressionner, je lui contai mes excursions nocturnes dans les bas-fonds londoniens, en en rajoutant un peu.

Assise dans un coin, Marianne semblait s'ennuyer. Croisant son regard, je détournai les yeux et invitai Natacha à gagner le buffet, situé à l'autre bout de la pièce. À la fin de la soirée, je lui proposai de la raccompagner. Natacha me laissa sur le paillasson de l'entrée de son immeuble, mais effleura mes lèvres d'un léger baiser. Une fois rentré chez moi, je m'aperçus que j'avais oublié Marianne à la soirée. Lucien me téléphona le lendemain matin pour me rassurer, il l'avait raccompagnée chez elle.

Natacha accepta de me revoir. Trois jours plus tard, elle me donna rendez-vous devant l'entrée d'un supermarché. J'aurais préféré un endroit plus romantique, mais elle n'avait pas le temps. De toute façon, une fille aussi canon, j'aurais accepté de la retrouver n'importe où. Elle portait ce jour-là une minijupe et des bottes, ainsi qu'un pull en V qui mettait en valeur sa poitrine. Elle me demanda de pousser le Caddie et nous fîmes plus ample connaissance entre le rayon des surgelés et celui des aliments pour animaux. J'appris ainsi qu'elle avait trois chats.

Ce fut devant les étals de fruits et légumes que notre relation prit une tournure plus intime. Natacha tâtait avec dextérité les carottes – elle était végétarienne – avant de les glisser dans un sac en plastique. J'opérai instantanément un transfert mental entre mon sexe et le légume que palpaient ses doigts manucurés.

Je lui proposai galamment de monter ses courses au cinquième étage sans ascenseur où elle louait un studio.

Parvenu à destination, je posai en soufflant les deux cabas sur la table. Natacha m'offrit une bière, et j'eus à peine le temps de la décapsuler. Elle avait déjà ôté ses vêtements et s'était allongée sur le lit, jambes écartées, sans avoir pris le temps d'enlever ses bottes. Je n'avais jamais vu ça, excepté dans les films d'espionnage de série B. Je posai en hâte ma bouteille à peine entamée et la rejoignis sur le lit. Je m'apprêtais, à sa demande, à m'introduire en elle sans plus de cérémonie, quand je sentis une boule de poils se lover contre ma hanche. Bientôt, deux autres chats nous rejoignirent, et l'un d'eux s'allongea sur mon dos en ronronnant.

— Tu n'aimes pas les animaux ? s'enquit Natacha en tâtant mon sexe redevenu mou.

Je répondis « bien au contraire », pour ne pas la contrarier, puis me concentrai. Mais l'excitation était retombée et, malgré les efforts de Natacha, je dus déclarer forfait. Elle me congédia en prétextant qu'elle devait réviser pour son concours et me précisa que ce n'était pas la peine que je la rappelle.

Je mis quinze jours à digérer cet échec cinglant, puis décidai d'oublier Natacha en flirtant avec Marianne. Un soir où, affalés sur mon canapé, nous parlions de notre futur départ pour Londres, je m'enhardis à lui caresser la nuque et à poser mes lèvres sur les siennes. Elle répondit à mon baiser. J'étais rassuré : elle ne me tenait pas rigueur de l'avoir laissée en plan à la soirée de Christophe.

Une semaine entière s'écoula entre ce chaste baiser et notre premier rapport sexuel. Marianne me raconta plus tard avoir apprécié que, par délicatesse, je ne la presse pas. Je ne lui avouai jamais que c'était par peur d'un nouvel échec que j'avais tant tardé.

Cette première nuit, nous fîmes l'amour trois fois. Je plongeai dans les rondeurs douces de Marianne, sans trop vouloir m'avouer que, ce qui m'excitait, ce n'était pas ses courbes mais le souvenir torride de la blonde Natacha au rayon fruits et légumes.

Plus tard, j'appris incidemment par Christophe que ladite Natacha s'appelait en fait Nathalie. Elle n'était pas d'origine russe mais, plus simplement, était née à Sarcelles. Réceptionniste dans une maison de retraite, elle n'avait jamais pris l'avion.

Depuis, j'ai toujours refusé d'avoir un chat.

Marianne et moi continuâmes à nous voir pour planifier notre départ à Londres, comme si rien n'avait changé. Sauf que, désormais, elle dormait dans mon lit. Et ces nuits-là étaient de plus en plus fréquentes. À chacune de ses visites, elle laissait quelques affaires, l'air de rien. Je découvris d'abord une brosse à dents, puis une chaussette orpheline et un chandail dans lequel j'enfouissais mon visage pour respirer son parfum.

Chaque soir, désormais, je consultais mon répondeur pour entendre sa voix en rentrant du collège. Sans m'en rendre compte, je commençais à m'attacher à elle. Ma mère ne s'y trompa pas. Elle me pria de l'inviter à venir déjeuner un dimanche. Je n'osai pas lui refuser cette joie-là.

Lucien, qui s'apprêtait à épouser sa compagne, me vantait les délices de la vie de couple, en lançant un regard lourd de sous-entendus en direction de Marianne. Un soir de virée entre copains, Christophe me prit à part pour me mettre en garde contre les femmes trop douces. Il me conseilla de quitter sans tarder Marianne avant de me faire coincer.

Deux jours plus tard, Marianne m'apprenait qu'elle attendait un enfant.

4

Jeudi 24 octobre 2002

C'est la première fois que j'assiste à un enterrement, caché derrière un buisson.

J'ai appris par le journal le lieu et l'heure de la cérémonie. Personne n'a jugé bon de me prévenir.

« Marie-Astrid et Adrien Pomerol, ses parents ; Hermine et Caroline Pomerol, ses sœurs ; Thomas et Julie, ses enfants ; Pierre-Emmanuel Ratineau, son compagnon ; parents et alliés ont la douleur de vous faire part du décès de Marianne Pomerol… »

Il n'y a aucun doute, c'est mon ex-belle-mère qui a rédigé l'intitulé de cet avis d'obsèques. Elle seule a pu avoir l'idée d'omettre le nom de famille de mes enfants – le mien, en l'occurrence – et d'associer à la peine des Pomerol celle de Pierre-Emmanuel. Douleur présumée, car il n'est toujours pas sorti du coma.

Marie-Astrid Pomerol est une femme rancunière et efficace. D'un seul trait de plume, elle a réussi à gommer mes vingt ans de vie maritale.

Je ne suis pas allé à l'église, les messes me donnent le cafard. Je ne suis plus assez jeune pour croire en l'au-delà, ni suffisamment âgé pour me raccrocher à l'idée d'éternité. Je déteste particulièrement les messes d'enterrement. La dernière à laquelle j'ai assisté, c'était pour rendre hommage à un vieux copain d'école, victime d'une crise cardiaque lors d'une partie de pêche. Il avait quarante ans. Durant la cérémonie, j'avais passé mon temps à fixer mes chaussures pour éviter de contempler son cercueil, et j'avais dû sortir avant la fin. Le prêtre, un vieux type encore costaud, y était allé trop fort avec l'encensoir. J'avais frôlé de peu la crise d'asthme.

De toute façon, je doute d'être bien accueilli par mon ex-belle-famille et sa garde rapprochée qui ont envahi l'église. Les Pomerol font partie des notables de la ville. Adrien Pomerol, le père de Marianne, extrait des dents depuis plus de trente ans, il a repris le cabinet de son père et s'est spécialisé dans la couronne monoteinte à ancrage radiculaire.

Sa femme fait plutôt dans le bridge. Elle y joue deux fois par semaine avec ses meilleures amies, dont les époux exercent également des professions libérales. Elle veille aussi scrupuleusement au régime que doit suivre son mari et organise une fois par mois un dîner où chaque convive exhibe une dentition parfaite.

Ils habitent le quartier le plus cossu de la ville, dans la maison ancestrale des Pomerol. Le cabinet dentaire du grand-père a été transformé en bibliothèque. Selon une légende familiale, il paraît que, les soirs de pleine lune, il s'en échappe des gémissements douloureux.

Je ne suis pas allé au funérarium me recueillir sur la dépouille de Marianne. J'avoue avoir un peu traîné et reculé le moment de m'y rendre. Lorsque je me suis enfin présenté, un employé m'a informé que j'arrivais trop tard. La mise en bière s'était déroulée juste après l'autopsie et, à la demande de la famille, le cercueil fermé avait été exposé dans l'ancien cabinet du grand-père.

Le caveau des Pomerol, tout comme leur maison, se trouve dans l'aire la mieux fréquentée du cimetière, à deux pas de la tombe de l'ancien maire de la ville. Il est coincé entre un tombeau monumental, orné de deux angelots et d'une muse obèse – dernier hommage rendu à un écrivain local –, et celui, plus sobre, sous lequel reposent trois générations de négociants en vin.

Dès mon arrivée, j'ai vite repéré le groupe compact luttant contre la bise et suivant le corbillard qui roulait lentement. Je me suis caché derrière un buis, non loin du caveau de l'ancien édile. Depuis ma planque, j'observe mon fils, Thomas. Posté à l'écart du reste de la famille, il contemple sans pleurer le cercueil de sa mère qui descend en cahotant dans le caveau. Il est vêtu d'un costume noir, aux plis impeccables, et sa cravate sombre fait paraître sa chemise immaculée. Je ne vois pas ses yeux, cachés derrière ses lunettes de vue, mais je distingue ses traits figés, marqués par des cicatrices d'acné. Il n'est pas encore magistrat, mais il en a déjà l'allure et la solennité compassées. C'est un garçon renfermé. Tous les deux, nous avons toujours eu du mal à communiquer.

Julie, sa sœur, porte une robe noire qui lui descend aux chevilles. Ses épaules sont recouvertes d'un châle et ses longs cheveux bouclés sont dissimulés par un chapeau à bord plat, prolongé d'une voilette. Sans doute une de ses créations réalisées en cours de stylisme. Ce sont ses grands-parents maternels qui paient les frais de scolarité annuels de cet institut privé. L'équivalent de trois ans de loyer pour un étudiant lambda. Julie sanglote bruyamment dans les bras de ma belle-mère qui la soutient. Petite, elle se prenait déjà pour Sarah Bernhardt.

Marie-Astrid affiche une dignité douloureuse et outragée, qui s'accorde avec sa haute stature et son embonpoint. Elle s'est sans doute rendue ce matin chez le coiffeur, et sa mise en plis met en valeur ses cheveux blancs. Un manteau de fourrure dissimule son strict tailleur noir, sans toutefois recouvrir ses épais mollets.

Mon ex-beau-père est sanglé dans un costume sombre qui contraste avec ses cheveux gris clair. Il se tient près de sa femme, paraissant plus petit qu'il ne l'est en réalité, et ne la quitte pas des yeux, redoutant comme d'habitude de faire un impair en société.

Caroline et Hermine encadrent leurs parents. Les sœurs de Marianne ne se ressemblent pas. Hermine, qui exerce la profession de psychologue pour enfants, tient de son père sa silhouette osseuse, mais le dépasse d'une bonne tête. Ses cheveux sont coupés très court, son visage est émacié, presque masculin, et ses paupières lourdes lui donnent constamment l'air maussade. Comme sa mère, sa bouche fine s'incurve déjà en une courbe descendante. Je n'ai pas souvenir de l'avoir vue sourire.

Caroline, au contraire, est tout en courbes et en exubérance, comme si elle cherchait à compenser sa petite taille et son embonpoint en affichant une perpétuelle bonne humeur. Elle est documentaliste dans un lycée privé. Pour l'heure, ses petits yeux étroits débordent de larmes qui coulent sur ses joues rondes et légèrement couperosées. Sa petite main grasse, gantée de noir, est posée sur le bras de son père.

La première fois que j'ai rencontré la famille Pomerol, ce fut après l'annonce de la grossesse de Marianne. À bien y réfléchir, je ne me souviens pas que Marianne m'ait demandé si j'étais d'accord pour qu'on garde l'enfant. De toute façon, je n'y étais pas opposé. En fait, j'étais plutôt surpris et fier d'être à l'origine de cette conception. J'avais une compagne, un travail et bientôt un enfant. Ma vie se figeait sans que j'y prenne garde.

J'étais pressé d'annoncer la nouvelle à mes parents. J'anticipais à l'avance la joie de ma mère, espérant que la perspective d'être grand-mère l'aiderait à sortir de sa dépression. Quant à mon père, qui dénigrait mes fonctions et mon salaire de professeur vacataire, c'était l'occasion de lui prouver une bonne fois pour toutes ce que je valais : j'étais capable non seulement de me reproduire mais aussi d'assumer la responsabilité d'une famille.

Je me rendis chez eux, un dimanche, pour déjeuner. Marianne avait prétexté des nausées pour ne pas m'accompagner. Après le dessert, lorsque j'annonçais ma future paternité, ma mère avait murmuré « c'est bien » puis s'était remise à compter ses cachets. Ce jour-là, elle les avait disposés sur la table par ordre de grandeur. D'habitude, c'était en fonction des couleurs. Le regard sombre, mon père m'avait demandé si je me rendais compte dans quel pétrin je me mettais en devenant père si jeune et sans emploi stable. Je prétextai ne pas vouloir laisser Marianne trop longtemps seule, pour partir avant d'avoir fini de boire mon café.

Afin de faire ma connaissance, Marie-Astrid Pomerol organisa, elle, un dîner réunissant toute la famille. Je fis donc mes premiers pas chez les Pomerol, sur le plancher ciré de la salle à manger et sous le regard du grand-père, dont le portrait était accroché au-dessus de la cheminée.

Assis autour de la table, les parents et les sœurs de Marianne m'observaient avec courtoisie. Marie-Astrid présidait. Son mari était placé à sa gauche, non loin du portrait de l'aïeul. Un vieux monsieur arthritique se trouvait à sa droite. La croix sur le revers de sa veste froissée et le bénédicité qu'il prononça avant le repas m'apprirent que j'étais tombé chez des catholiques très pratiquants. À l'autre bout de la table, les deux sœurs de Marianne me détaillaient avec des mines de collégiennes attardées.

À la fin du repas, je proposai d'aider à débarrasser la table. Mon futur beau-père, heureux d'échapper à cette corvée, se réfugia dans son bureau. Je devais découvrir, plus tard, qu'il y collectionnait des moulages de mâchoires. Durant nos allées et venues entre la cuisine et la salle à manger, Marie-Astrid m'interrogea, l'air de rien, sur mes origines et mes projets professionnels. Si elle parut satisfaite d'apprendre que mon père était professeur certifié en mathématiques, je sentis tout de suite que mon statut d'enseignant vacataire ne lui convenait pas.

Caché derrière mon bosquet, j'ai entendu le bruit mat de la pierre tombale que deux employés municipaux ont fermée, scellant sans état d'âme l'existence de Marianne. Les parents et alliés sont partis se réchauffer chez les Pomerol. Thomas et Julie ne les ont pas suivis.

Tels deux piafs étourdis, ils sont restés près de la tombe qui croule sous les gerbes de fleurs. Julie s'est agenouillée près de la croix, dans une pose un peu théâtrale, sa vaste jupe noire étalée comme une corolle autour d'elle. Thomas a l'allure protectrice d'un chevalier sombre, il se tient debout, près d'elle, comme défiant pour deux la douleur qui les étreint.

Je les observe, ému, puis me décide à les rejoindre. Julie pousse un petit cri en me voyant émerger du buisson. Son frère fait deux pas en avant. Je ne sais pas si c'est pour venir à ma rencontre ou pour s'interposer entre Julie et moi. Je balbutie :

— C'était un bel enterrement…

Ils me dévisagent sans répondre. Déstabilisé par leur silence, je poursuis néanmoins :

— Pourquoi ne m'avez-vous pas appelé ? Je ne sais même pas où vous dormez…

— Grand-mère héberge Julie, et moi, je vis chez un copain, consent à me répondre Thomas.

Je m'avance encore de quelques pas. Julie se recroqueville près de la croix. Elle a empoigné une gerbe de fleurs blanches, sur laquelle est inscrit « À notre regrettée collègue », et la tient contre sa poitrine. De grosses larmes coulent sur son visage, comme au temps de ses chagrins d'enfance. J'ai envie de la serrer dans mes bras. Thomas le sent, il fait un nouveau pas en avant, comme pour m'inciter à garder mes distances.

— Ta présence ici me semble plutôt inconvenante, intervient-il.

Sa voix se veut grave mais elle dérape en fin de phrase dans les aigus. Je lui ai déjà conseillé de consulter un orthophoniste. Siéger dans un tribunal avec une voix de fausset risque de nuire à sa carrière.

— C'était ma femme, me semble-t-il.

— Ton ex-femme, précise Thomas, toujours concis.

— Tu as tué maman ! hurle Julie en se levant.

Elle a envoyé balader les fleurs offertes par les collègues de Marianne. La couronne atterrit sur la tombe de l'écrivain local. Sa veuve, qui entretient avec ardeur sa mémoire, ira sûrement se plaindre auprès du gardien du cimetière, pour collusion de genre.

Julie serre si fort ses poings que ses articulations ont blanchi. Son menton agressif pointe en avant. Elle a rejeté sa chevelure en arrière, dans un geste qu'elle veut impressionnant. En moins de cinq secondes, elle est passée de l'abattement total à l'hystérie. Depuis qu'elle est petite, elle a toujours été sujette aux sautes d'humeur. Je recule prudemment. La dernière fois que je l'ai vue dans cet état, c'est le jour où elle a lacéré de ses ongles les murs tapissés de sa chambre. Elle venait d'apprendre que sa mère demandait le divorce.

— Julie, tu oublies la présomption d'innocence, la sermonne Thomas, en l'entourant de ses bras.

— Je m'en fous, de ta présomption, proteste-t-elle, en se dégageant d'un geste brusque. S'il ne l'avait pas écrasée, maman serait toujours vivante.

Il commence à pleuvoir. De fines gouttes grises. Je frissonne malgré moi.

— Je ne l'ai pas fait exprès, Julie. Je t'en prie, crois-moi.

— Je n'en suis pas si sûre, tonne-t-elle, en accord avec l'humeur du ciel.

Le gardien du cimetière, qui effectue sa tournée, nous jette un regard réprobateur. Il est payé pour veiller au calme du lieu.

Je tente néanmoins une nouvelle approche.

— Julie, tu viens de subir un choc. Il faut qu'on parle tous les deux.

— Je ne parle pas à un assassin.

— Il vaut mieux que tu partes, intervient Thomas, qui déteste tout esclandre public.

Je recule de quelques pas

— Donnez-moi de vos nouvelles, s'il vous plaît.

Julie s'est réfugiée dans les bras de son frère, elle sanglote sans bruit, en évitant de me regarder. Ni Thomas ni elle ne me répondent.

Je sors du cimetière, pour rejoindre l'arrêt de bus. La voiture de Thomas, que j'ai achetée à crédit lorsqu'il est entré à l'université, est garée quelques mètres plus loin.

Je pressens que je ne les reverrai pas, lui et sa sœur, avant longtemps.

L'embonpoint de Lucien dissimule beaucoup de délicatesse. Il m'a appelé, le soir de l'enterrement, pour me proposer de venir dîner en famille chez lui. Pour Lucien, les maux de la vie se soignent autour d'une bonne table.

Lucien et Christine, sa femme, habitent une grande maison à l'extérieur de la ville. Bénéficiant d'un taux de crédit attractif, il l'a acquise il y a vingt ans. Disons, pour être plus exact, qu'il a acheté la maison que son épouse avait choisie.

Christine n'est pas ce qu'on appelle une jolie femme. Affligée d'un physique banal, elle n'a, en outre, aucun goût vestimentaire. Pour compenser ces handicaps, elle suit à la lettre les codes implicites de son milieu. Au bureau, elle porte un tailleur gris, dans lequel elle paraît étriquée. Le week-end, elle s'en remet au classique duo jean et polo à petit col, parfois accompagné d'un pull en laine ras le cou. Dans tous les cas, ces tenues ne l'avantagent pas : elle n'a pas de poitrine et ses fesses trop larges déforment les pantalons, qui semblent plombés par des surplus graisseux.

Elle a cependant une jolie peau, quoique marquée par les soucis du quotidien. Sa bouche fine semble perpétuellement contrariée et ses yeux marron sont inquisiteurs. Ses cheveux ne seraient pas mal, épais et soyeux, mais ils sont coupés au carré et domestiqués par un strict bandeau à motif écossais.

Je me demande encore comment Lucien est parvenu à tomber amoureux d'elle, il y a plus de deux décennies. La première fois qu'il l'a croisée, c'était dans le couloir de la banque où ils travaillaient tous deux. Lucien est d'habitude très respectueux de la hiérarchie. Il a cependant piqué sans vergogne Christine à son chef de service, qui la convoitait également, lors de la soirée organisée par le comité d'entreprise pour fêter la fin de l'année.

Lucien est un garçon plutôt lent. Alors que je batifolais avec mes jeunes Anglaises, il en était encore à se connecter au Minitel rose, le soir, dans sa chambre d'étudiant, en cachette de ses parents. Il avait bien embrassé quelques filles lors de boums lycéennes, mais furtivement et dans l'obscurité. Leur nombre n'excédait pas celui des doigts d'une main et toutes avaient refusé un second rendez-vous.

Lucien a toujours eu un esprit pratique. Depuis l'adolescence, il n'a eu qu'un seul objectif : rencontrer la femme de sa vie, avec une majuscule, et un compte joint à la banque. Pas question d'aventures passagères. La première devait être la bonne et, vu son physique, il doutait d'avoir droit à une seconde chance. Son seul atout pour séduire les femmes, c'était sa façon de danser. Étudiant, il avait suivi deux fois par semaine des cours de danse de salon, dispensés par une alerte sexagénaire qui, racontait-elle, avait connu Joséphine Baker. Ce qui justifiait selon elle le prix élevé de ses cours. Avant d'obtenir son diplôme de gestion, Lucien était déjà devenu expert en valse et en tango et, de plus, il savait danser le cha-cha-cha, la salsa et le rock acrobatique.

En discothèque, dès que le DJ mettait un disque de rock sur la platine, Lucien se transformait. Il oubliait sa timidité et ses cent kilos, alpaguait la première fille qui passait près de lui et l'entraînait dans une trépidante série de figures acrobatiques. Après avoir passé cinq minutes à glisser, telle une savonnette entre ses bras puissants, sa partenaire paraissait lessivée. Mais, bizarrement, toutes ses victimes en redemandaient.

Lucien emballa ainsi Christine lors de la soirée réunissant les employés de la banque. Ils se lancèrent dans un rock endiablé sur le parquet du restaurant loué par le comité d'entreprise, sous le regard impuissant du chef de service, qui ne savait danser que les slows.

Une semaine plus tard, lorsque je retrouvai Lucien dans notre bistrot préféré, il avait les yeux brillants. Un détail m'alerta tout de suite : il sentait l'assouplissant. Depuis trois jours, m'apprit-il, Christine vivait chez lui. J'en conclus que, si elle lui lavait déjà son linge, elle comptait l'épouser.

Six mois plus tard, ils se mariaient. Christophe et moi l'avions pourtant averti : il était suicidaire, de sa part, d'épouser la première fille qui consentait à coucher avec lui. Il avait haussé ses épaules carrées, puis rétorqué que, pour lui, une femme c'était comme une maison : un investissement à long terme, un titre de propriété, et surtout l'avantage de pouvoir y pénétrer à sa guise à toute heure.

C'était donc Christine qui avait choisi la maison.

Ils avaient d'abord investi dans un petit appartement, non loin de la banque où ils travaillaient. Le chef de service de Lucien avait demandé sa mutation une semaine après leur retour de voyage de noces. Lucien avait été soulagé par son départ, il ne supportait pas de voir les gens malheureux.

Leurs deux premiers garçons étaient nés à un an d'intervalle. Christine avait alors commencé à se plaindre de l'étroitesse de leur logement. Elle avait demandé à être mutée à l'agence bancaire la plus proche du domicile de sa mère, puis avait trouvé une maison avec jardin non loin.

J'avais aidé Lucien à déménager les meubles anciens que Christine chinait dans les brocantes. Sous ses directives, il passait ses week-ends à les décaper. Cette année-là, il parvint à perdre sept kilos, grâce aux dix kilomètres à vélo qu'il effectuait chaque jour pour se rendre à son travail. Christine, qui travaillait à cinq minutes à pied de chez elle, exigeait de garder la voiture, au cas où il lui aurait fallu conduire l'un des enfants chez le médecin.

À peine les meubles installés, Christine tomba de nouveau enceinte. Ce fut encore un garçon. Je demandai à Lucien s'il comptait créer une équipe de football, lorsqu'il m'apprit, un an plus tard, que Christine attendait un quatrième garçon. Il me répondit qu'elle comptait en rester là.

Christine m'a ouvert la porte. La maison sent la cire et le gratin de chou-fleur. Je lui ai apporté un bouquet de fleurs. Elle l'accepte sans sourire et me remercie d'une voix glaciale. Elle se dirige vers la cuisine en le tenant tel un vulgaire tas d'orties, comme si elle craignait d'être contaminée par la suspicion qui m'entoure depuis le décès de Marianne. Je crois que je ne suis pas le bienvenu.

Lucien m'attend près de la cheminée, confortablement assis dans son fauteuil en cuir préféré. La salle de séjour, impeccablement rangée, ressemble à celles qui sont présentées dans les magazines de décoration, avec sa bibliothèque éclairée par des lampes d'appoint et les marines accrochées au mur. Un jeté, artistiquement disposé sur le dossier, réchauffe le canapé, également en cuir. Seul Lucien semble incongru dans ce décor, avec son quintal et ses pantoufles déformées. Il feuillette un journal vantant les nouveaux modèles automobiles. L'accident dont a été victime Marianne ne l'a pas découragé. Il rêve de s'offrir un 4 × 4, le même que le mien. Christine n'est pas d'accord. Elle préférerait investir dans une nouvelle cuisine équipée. Je crains qu'il ne doive se contenter de leur vieux monospace pendant encore quelques années.

— Alors mon vieux, comment ça va ?

La voix de Lucien est faussement enjouée. Ne sachant que dire de plus, il se lève pesamment et, d'un geste fraternel, claque de sa main mon épaule, au risque de me la démettre. L'arrivée de ses fils met fin à notre silence.

L'aîné, âgé de vingt ans, est le portrait craché de son père, ce qui aurait pu le conduire à une carrière de rugbyman ou de déménageur. Mais, grâce à la vigilance sans faille de sa mère, il a obtenu son bac S avec mention. Il est en deuxième année de médecine et compte se spécialiser dans la gériatrie – un secteur d'avenir, selon Christine. Son cadet d'un an se prépare à devenir chirurgien-dentiste – Christine pense que c'est un créneau porteur. Il a lui aussi hérité de la morphologie de son père. Je me demande comment, avec ses mains en forme de battoir, il va soigner ses patients sans leur décrocher la mâchoire.

Le troisième fils de Lucien entame une première scientifique et envisage de devenir chercheur, il suit en plus des cours particuliers d'anglais. C'est Christine qui l'y pousse : elle a lu dans une revue que les meilleurs post-doctorants s'exilaient aux États-Unis pour y faire carrière. Le benjamin vient d'entrer au lycée. Encouragé par sa mère, il a déjà décidé de faire un MBA de finances après une école de commerce. C'est le seul qui ressemble un peu à Christine. Il a des yeux perçants et le derrière un peu bas.

Tous quatre sont vêtus de façon identique : un jean aux plis repassés et une chemise à carreaux. Depuis qu'ils sont petits, ils portent des lunettes et leurs cheveux sont coupés, tous les trois mois, par la coiffeuse de Christine. « Bien dégagé derrière les oreilles », précise-t-elle à chaque rendez-vous. À ce jour, seul le benjamin s'est rebellé. La dernière fois, il a refusé que sa mère l'accompagne chez « Marie-Ange – coiffure pour dames – spécialiste des mèches » et a exigé d'aller chez un coiffeur pour hommes. Une rébellion vite étouffée dans l'œuf. Sa mère lui a supprimé son ordinateur pendant quinze jours. Lucien n'a rien dit quand son fils a menacé de faire une fugue, il s'est seulement tassé davantage dans son fauteuil.

Christine fait la tête en me servant du chou-fleur. Les années n'ont arrangé ni son caractère ni sa silhouette, qui continue à s'affaisser. Avant le décès de Marianne, elle me supportait à peine. Mais, soucieuse de l'équilibre de son couple, elle ne disait rien quand Lucien me rejoignait dans notre bar préféré, un soir tous les quinze jours.

Christine et Lucien font l'amour deux fois par semaine, les samedis et dimanches soir. Christine peut se coucher plus tard car, le lendemain, la banque est fermée. Jamais de sexe le lundi, c'est le soir de son feuilleton préféré, une série médicale récurrente qu'elle regardait déjà quand les enfants étaient petits. Elle trouve que Christophe ressemble un peu au héros – un sémillant médecin qui lutine les infirmières entre deux perfusions.

Christophe, lui, est toujours le bienvenu chez Christine. Le mercredi soir, normalement, c'est chou-fleur en gratin. Mais quand Christophe s'invite, elle cuisine du lapin chasseur.

Pour amadouer Christine, j'ai une technique imparable. J'aborde les sujets qui lui tiennent à cœur. Dans l'ordre, l'augmentation du coût de la vie, depuis l'arrivée de l'euro, la politique laxiste du gouvernement en matière d'immigration, le nombre toujours croissant de RMIstes qui ne veulent pas travailler et la flambée de l'immobilier. En général, elle part au quart de tour, mais, ce soir, cela ne marche pas.

Je tire alors ma dernière cartouche : la scolarité de ses enfants. Christine cesse de mâcher sa rancœur et son chou-fleur pour détailler les excellentes notes obtenues par ses aînés aux derniers partiels. Elle me récite, de tête, l'intitulé des questions d'ana-pathologies et précise que son fils s'en est très bien sorti. Puis elle enchaîne sans respirer sur l'examen blanc passé par le futur chercheur en physique nucléaire, avant d'incriminer le professeur de maths du benjamin. S'il s'obstine à lui mettre des notes au-dessous de la moyenne, elle ira en toucher deux mots au chef d'établissement. Elle le connaît personnellement. Elle assiste à toutes les réunions de parents d'élèves.

— C'est pas la peine de parler au proviseur, je suis nul en maths, proteste le réfractaire aux coupes de cheveux dégagées derrière les oreilles.

— Ne m'interromps pas quand je parle, grince Christine.

Lucien me demande opportunément si je souhaite reprendre du chou-fleur.

— C'était comment, Vincent, ta garde à vue ? reprend, sans se démonter, le futur titulaire du MBA en finances. Les flics t'ont tabassé ?

Christine a reposé sa fourchette sur la table, dans un bruit sec. Lucien a cessé de mastiquer.

— Vous montez dans vos chambres, ordonne Christine d'une voix blanche. Tous les quatre.

Les garçons s'exécutent, après m'avoir poliment souhaité bonsoir.

— Lucien, raccompagne Vincent, veux-tu ? poursuit-elle. J'ai la migraine.

Lucien se lève, je l'imite et remercie Christine pour son accueil. Je ne pense pas qu'elle perçoive l'ironie de ma voix. Il m'accompagne jusqu'à la porte, ses grands bras ballants m'en disent long sur son embarras. J'essaie de plaisanter :

— Achète un 4 × 4 et écrase-la. Tu verras, c'est une méthode efficace.

— Tu te fais du mal, Vincent. Je suis désolé. C'est le début de la ménopause. Pas facile tous les jours, crois-moi. Ça va ? Tu vas tenir le coup ?

— Et toi ?

Je lui serre la main. Je me demande qui, de nous deux, est le plus à plaindre.

— Tu peux compter sur moi, à toute heure, reprend-il. Mais n'appelle pas à la maison. Christine le prendrait mal.

Dehors, la pluie bat le pavé. Je glisse sur les dalles et dans ma solitude.

L'appartement est silencieux. Le voyant du répondeur clignote. Je me précipite. C'est sûrement Julie, qui téléphone pour s'excuser de la scène qu'elle m'a faite au cimetière, à moins que ce ne soit Thomas, pour m'annoncer qu'il l'a convaincue de me parler.

« Espèce de salopard. Tu as tué Marianne », crache une voix féminine, avant de raccrocher.

Le répondeur affiche la mention « appel privé » sur l'écran. Et j'ai beau écouter en boucle ce message lapidaire, je ne parviens pas à reconnaître cette voix.

5

Lundi 5 novembre 2002

Je crois que j'ai la tête d'une erreur judiciaire.

Le juge est une femme. J'ignore si, dans mon cas, c'est un avantage ou un handicap. Lorsque je suis entré dans son bureau, elle se tenait debout, près de la porte, à côté d'une bibliothèque encombrée de dossiers et de manuels de droit. Le mobilier est identique à celui du bureau qu'occupe Saint-Simon, mais le palais de justice n'a pas le charme de l'ancien, comme le commissariat. C'est un imposant immeuble moderne de quatre étages, dont les murs en ciment brut sont déjà tagués. Le soleil d'automne se reflète dans ses larges baies. Il surplombe la vieille ville. On dirait un paquebot high-tech échoué au milieu d'une station balnéaire démodée. L'intérieur se veut sobre et solennel, avec ses longs couloirs sinistres aux murs gris. Seules les lampes vertes qui signalent les issues de secours et les panneaux blancs destinés à guider le visiteur apportent une note de gaieté à ce décor figé.

La plaque vissée à hauteur d'yeux sur la porte annonce que l'occupante du bureau 32 du quatrième étage s'appelle « Madame B. Lamotte-Choisy ». Brigitte ou Bernadette ? J'apprendrai plus tard qu'elle se prénomme Bertille.

Il y a huit jours, j'ai reçu une lettre recommandée. C'était une convocation au palais de justice. Je n'ai pas osé l'ouvrir tout de suite. J'ai préféré prendre une douche et boire une bière avant. J'ai tenté un panier en lançant l'enveloppe en direction de la corbeille à papier, près de mon bureau, mais la corbeille était trop pleine et l'enveloppe a rejoint les autres papiers dispersés sur la moquette. Je n'ai pas fait le ménage depuis la mort de Marianne. Un amas de linge sale traîne à côté de la baignoire et, dans le dressing, je n'ai plus qu'une chemise repassée. Dans l'évier, quatre bols et une douzaine de verres à vin attendent d'être rincés, non loin d'un tas odorant de barquettes vides ayant contenu des plats à réchauffer. J'ai tout de même rendu le Tupperware mauve à ma voisine, après l'avoir lavé. Pas par politesse. Pour qu'elle me fiche la paix.

Chaque soir, je me promets de ranger. Mais je finis invariablement affalé sur le canapé, face à la télévision allumée, dont je coupe le son. Je contemple le portrait de Marianne et celui des enfants. Je n'ai pas osé téléphoner chez mes ex-beaux-parents pour prendre des nouvelles de Julie qu'ils hébergent. Thomas ne m'a pas appelé. J'essaie de me convaincre qu'il est trop occupé par ses révisions.

— Asseyez-vous, monsieur Verdun.

Le juge s'installe derrière son bureau, dans un fauteuil confortable, et me désigne d'un geste l'une des deux chaises qui lui font face. D'entrée, nous ne sommes pas à égalité.

Je préfère malgré tout une confrontation en position assise. Bertille Lamotte-Choisy mesure à vue d'œil près d'un mètre quatre-vingts, ce qui lui donne un net avantage. Allez expliquer à un juge que vous n'êtes pas coupable en plantant vos yeux dans son menton. Les femmes ont l'avantage des talons, et ceux de B. Lamotte-Choisy avoisinent les huit centimètres. Ses bottes en daim s'accordent avec son tailleur-pantalon beige et son chemisier blanc, à col pointu. Elle porte un collier de perles assorti à des boucles d'oreilles. C'est là son unique concession à la féminité. Le reste de sa personne, sa silhouette sèche, ses cheveux blonds coupés court et son regard bleu dénué de maquillage, n'offre ni douceur ni compassion.

Après avoir vérifié mon identité, elle m'informe de l'ouverture d'une information judiciaire, des faits dont elle est saisie et de leur qualification juridique. Il s'agit pour l'instant d'un homicide involontaire, mais, précise-t-elle, elle peut les requalifier en cours d'instruction. Pour le moment, je suis convoqué en tant que témoin assisté. Elle me déclare que j'ai droit à un avocat.

— Je n'en veux pas.

— Vous pouvez en avoir un commis d'office.

— Je n'en ai pas besoin. Je n'ai pas voulu tuer mon ex-femme.

— Comme vous voudrez.

B. Lamotte-Choisy hausse les épaules, qu'elle a larges et un peu masculines, et fait signe à la greffière d'enregistrer mon refus de me faire assister. C'est une femme d'environ cinquante ans, au profil de musaraigne. Les musaraignes sont des animaux qui mettent à sac les greniers. Je me méfie donc de son sourire. D'ailleurs il lui manque une dent. C'est peut-être à force de piller la mémoire des gens dont elle retranscrit la vie.

— Je suis très ennuyée, monsieur Verdun…, reprend le juge. Dans cette affaire, c'est votre parole contre celle de votre fille.

— Que vous a-t-elle dit ?

Elle poursuit, éludant ma question :

— Le seul témoin oculaire de la mort de votre ex-femme est son compagnon, et il se trouve toujours dans le coma. Il convient maintenant de déterminer s'il s'agit d'un accident ou d'un homicide volontaire.

La musaraigne, derrière son clavier, regarde le plafond. Je me demande ce que cela fait de passer son existence à enregistrer des débris de vies et s'ils reviennent hanter ses nuits.

B. Lamotte-Choisy, elle, ne paraît pas être une femme sujette à l'insomnie. Seulement ennuyée par des problèmes de classements – banal accident, homicide volontaire ou non, avec ou sans préméditation.

Marianne aussi avait l'obsession du rangement, auquel il faut ajouter celle de la propreté. Je n'ai découvert ces manies qu'après la naissance de Thomas.

J'aurais voulu que la grossesse de Marianne dure plus longtemps, un peu comme celle des baleines. Après m'avoir présenté ses parents, Marianne me dit qu'il était temps que je cherche un appartement plus grand. Jusque-là, elle se contentait de faire des aller-retour entre mon studio et le domicile de ses parents. Contrairement à Christine, elle n'avait pas proposé de laver mon linge, ce qui me rassurait un peu.

Un dimanche en fin d'après-midi, elle me suggéra de quitter ce studio alors que nous nous remettions, corps encore entremêlés, d'une séance frénétique de sexe. Enceinte de trois mois, Marianne avait des seins superbes, qui excitaient ma libido. Elle-même, d'habitude passive, me sollicitait plus souvent. Je profitais de ce nouvel état d'esprit pour lui transmettre le savoir que j'avais acquis auprès de mes copines anglaises. Marianne était une fille consciencieuse et, après des débuts un peu douloureux pour mon anatomie, elle devint assez experte en fellations. Ce fut d'ailleurs après l'une d'elles, particulièrement réussie, qu'elle me convainquit de déménager.

Je me souviens de cette grossesse comme d'une période heureuse et insouciante, Marianne, ses gros seins et mon sexe épanoui. Ce n'était, en fait, qu'une veillée de larmes.

Tout en enfonçant avec méthode mon sexe dans sa bouche, Marianne organisait déjà en détail notre future vie familiale. Le samedi, tandis que je corrigeais mes copies, elle partait, accompagnée de sa mère, de ses deux sœurs ou parfois des trois, faire du shopping dans les magasins spécialisés en puériculture. Ce fut elle qui trouva un charmant trois-pièces à louer, bizarrement équidistant de son lieu de travail et du domicile de ses parents. Il présentait cependant l'inconvénient d'être situé à une demi-heure à pied du collège où j'enseignais. Lucien, qui faisait dix kilomètres à vélo pour aller travailler, me consola en me disant que, la marche, c'était bon pour la santé.

Au huitième mois de sa grossesse, Marianne me poussa à organiser un week-end entre copains, avec Lucien et Christophe. J'avais selon elle une petite mine et besoin de m'aérer un peu, avant la naissance du bébé. Touché par cette attention, je partis donc deux jours dans un petit hôtel en bord de mer. Ce ne fut pas une escapade très réussie. Lucien téléphonait toutes les heures à Christine, se sentant coupable de l'avoir laissée seule avec deux enfants en bas âge. Quant à moi, je passais mon temps à évoquer les qualités de Marianne, comme pour me rassurer. Exaspéré, Christophe commença à boire dès quatre heures de l'après-midi. Par respect pour nos compagnes, Lucien et moi refusâmes de l'accompagner en boîte. Il rentra à six heures du matin, totalement ivre, il confondit la salle de bains avec le vestibule et urina sur le tapis.

Au retour de ce week-end, je ne reconnus pas tout de suite l'appartement un peu en désordre où Marianne et moi avions emménagé quinze jours plus tôt. Aidée de sa mère et de ses deux sœurs, elle l'avait récuré à fond et avait repeint les murs en blanc. Une odeur insistante d'essence de térébenthine et d'eau de Javel flottait dans les pièces. Mes livres et mes cours, qui jusqu'alors peuplaient la seconde chambre, avaient été relégués dans un coin de la nôtre. À la place de mon bureau, trônaient un lit pour bébé, une penderie, une commode et une table à langer, identiquement laqués de blanc et décorés de minuscules lapins gravés dans le bois.

Je protestais, pour la forme, arguant que j'aurais pu m'en occuper. Marianne me répondit que mes sorties entre copains et la préparation de mes cours m'accaparaient, ce qu'elle comprenait. Puis elle caressa son ventre en précisant que le bébé n'avait pas l'intention d'attendre indéfiniment que j'aie le temps d'installer sa chambre.

Voulant faire preuve de bonne volonté, je l'accompagnai aux cours de préparation à l'accouchement. Nous étions trois couples et cinq futures mères célibataires entassés dans une pièce sans fenêtre. Cerné de ventres rebondis, je faillis me trouver mal. La sage-femme, qui venait de montrer l'aiguille servant à faire une péridurale, me traita de mauviette. Pour me rattraper, je passai trois soirs d'affilée à faire des exercices de respiration avec Marianne, qui décréta, après ces séances, qu'elle était trop fatiguée pour faire l'amour. Pas même une petite pipe, précisa-t-elle d'un ton froid, en anticipant ma question.

J'étais en train de surveiller l'épreuve écrite du bac d'anglais quand Thomas naquit. Grâce à Dieu, aucun collègue ne put me remplacer au pied levé. J'évitai ainsi l'épreuve des contractions, de la respiration du petit chien et celle, plus éprouvante encore, du cordon ombilical à couper d'une main assurée.

Lorsque j'arrivai dans la chambre de Marianne, je découvris mon fils, tout propre dans son Babygro brodé de petits lapins, identiques à ceux qui décoraient la table à langer. Marianne n'était pas seule, ses parents, ses sœurs et mon père se tenaient autour du berceau. Mon père me félicita à voix haute puis baissa le ton pour m'expliquer que ma mère, trop abrutie par les calmants, n'avait pu sortir de son lit. Il demanda enfin, à la cantonade, quand nous comptions nous marier.

À la fin des vacances scolaires, j'effectuai ma rentrée au collège, les traits tirés et une alliance au doigt. Je n'étais pas fâché de retrouver mon travail, de laisser à la maison un bébé braillard et une épouse au ventre tout aussi déprimé qu'elle.

Tout en consultant la liste de mes nouveaux élèves, je repensais à la tournure qu'avait prise ma vie. Un mois après la naissance de Thomas, Marianne et moi étions partis nous reposer dans la maison de campagne de ses parents. Là, sous l'ombre tutélaire d'un vieux chêne, je lui avais proposé de l'épouser. Thomas s'était endormi dans son couffin posé au pied de l'arbre. Nous étions allongés sur un plaid, et je caressais les seins gonflés de lait de Marianne, qui portait une robe légère. Aujourd'hui encore, je ne sais pas si c'est à cause de la douceur de cette scène champêtre ou pour obéir à l'injonction de mon père que je l'ai demandée en mariage.

Ma mère a assisté à notre union à l'église, mais s'est endormie avant que Marianne et moi n'ayons découpé le gâteau. Le traiteur avait dressé les tables non loin du chêne centenaire. Ce fut un mariage presque intime : vingt-trois invités de mon côté, cent cinquante convives pour la famille Pomerol.

Mes collègues m'avaient fait une surprise. Ils s'étaient cotisés pour me faire un cadeau : un nécessaire à fondue complet, avec son mini-réchaud et ses piques. Il ne manquait que le fromage. Je les ai remerciés, sans trop de conviction. Une des tantes de Marianne nous en avait déjà offert un. Me voyant rentrer avec un nouvel exemplaire, Marianne avait maugréé : « Et où est-ce qu'on va le mettre ? Déjà que je ne sais plus où ranger les affaires. »

— Quelles étaient vos relations avec votre ex-femme, monsieur Verdun ? me demande B. Lamotte-Choisy.

— Très bonnes, comme je l'ai déjà signalé aux enquêteurs.

— Vous n'aviez pas, comme elle, refait votre vie.

— On ne refait pas sa vie, madame le juge, on la continue.

Elle balaie cette considération philosophique d'un geste de la main, dont l'index est cerclé d'un anneau en or. Je me demande si son nom de jeune fille, c'est Lamotte ou Choisy. Dans le premier cas, elle a dû subir, adolescente, les sous-entendus obscènes de lycéens libidineux. Le second nom est plus seyant, comme une promesse de destin. Le mien évoque la débâcle, et je n'en suis pas loin.

— Un témoin, interrogé par le capitaine Saint-Simon, affirme qu'une photographie de votre ex-femme est posée sur une étagère de votre bibliothèque. Vous confirmez ?

La musaraigne relève la tête de son écran et guette ma réponse, elle doit être une assidue des feuilletons policiers.

— J'ai également une photo de mes enfants. Pendant plus de quinze ans, nous avons vécu ensemble. Je ne vois rien de choquant à afficher des souvenirs.

— Soit, tempère B. Lamotte-Choisy. Mais tout de même, monsieur Verdun, pourquoi conservez-vous également une photo de la victime sur votre table de chevet ?

Je ne trouve rien à répondre.

— Peut-être parce que vous l'aimiez encore, ajoute-t-elle d'une voix douce.

Je ne sais pas si j'ai vraiment été amoureux de Marianne ou si je me suis habitué à elle par confort ou parce que je n'avais déjà plus le choix.

Après la naissance de Thomas, Marianne était devenue beaucoup moins tendre. Entre ses seins rendus sensibles par l'allaitement et les suites de l'épisiotomie, j'ai très vite compris qu'il ne fallait plus que je compte sur elle pour satisfaire ma libido. La première fois que nous avons essayé de refaire l'amour, elle s'est plainte que c'était douloureux. La deuxième fois, elle s'est endormie sous moi. La troisième fois, j'ai préféré faire ça tout seul, tranquille, sous la douche. Sans même lui en vouloir. Parce que, entre les réveils nocturnes, les bavoirs à laver et les visites quasi quotidiennes de sa mère, je pouvais comprendre qu'elle soit épuisée. Depuis, j'ai du mal à croire les publicités qui vantent une voiture ou un fromage en mettant en scène un couple épanoui avec bambin gazouillant. Parce qu'un môme, ça gazouille rarement. Ça braille, ça régurgite et ça tombe sans arrêt malade. De toute façon, les publicitaires, c'est bien connu, n'ont pas le temps de s'occuper eux-mêmes de leurs enfants.

Quand Thomas s'est enfin décidé à dormir plus de cinq heures de suite, Marianne m'a annoncé qu'il était temps de le baptiser. D'après l'ami curé de ses parents, on était même en retard. Ses sœurs souhaitaient toutes deux être choisies comme marraine. Elles ont commencé à assiéger notre appartement pour prouver à Marianne leur fibre maternelle. Le lieu de leur confrontation était la chambre de Thomas, qui se mettait à hurler car elles le réveillaient en se disputant à voix basse. Marianne les expédiait alors dans le séjour, où j'avais trouvé refuge pour préparer mes cours. J'ai ainsi commencé à rentrer de plus en plus tard du collège. Comparée à l'appartement, la salle des profs faisait figure de cloître. Pour départager ses sœurs, Marianne a tiré à pile ou face, et Hermine a gagné. J'ai demandé à Christophe d'être le parrain. Il a décliné la proposition, m'expliquant que les gosses, ce n'était pas son rayon. Christine a poussé Lucien à accepter à sa place. Elle était flattée d'ajouter la famille Pomerol à la liste de ses connaissances, grâce au nouveau filleul de son mari.

Lors du repas de baptême, le père de Marianne me présenta un de ses amis, directeur d'un institut privé formant de futures assistantes de direction bilingues. C'est ainsi que je suis devenu enseignant d'anglais dans cet établissement, un emploi stable avec une rémunération correcte, m'épargnant la fréquentation quotidienne de collégiens mal embouchés.

Trois mois après la naissance de Thomas, Marianne a repris son travail. J'avais espéré un temps que, retournant à la vie active, elle redeviendrait la femme que j'avais connue. Car, outre son apathie sexuelle, je devais désormais supporter l'infantilisation qui affectait son vocabulaire. Devenue experte en poussées dentaires et vaccins aux noms barbares, elle émaillait ses propos de mots aussi niais et incongrus que « rototo », et ne parlait que de Thomas.

Les premières semaines, j'ai apprécié du regard les tenues plus seyantes qu'elle portait à nouveau pour aller travailler. J'avais dû me contenter, ces derniers mois, des pulls et caleçons informes qu'elle revêtait à la maison, sous prétexte de dissimuler ses kilos en trop.

Je déchantai cependant très vite en constatant qu'elle était passée sans douceur du statut de primipare fatiguée à celui de mère active débordée. Quand elle ne râlait pas contre la nourrice de Thomas qui avait le culot, selon elle, de prendre trois semaines de vacances d'affilée, elle me houspillait en disant que je ne l'aidais pas assez. Nous avions pourtant divisé les tâches quotidiennes en deux. Le dimanche soir, elle dressait la liste de mes activités domestiques de la semaine à venir et l'affichait sur le frigo, mais elle n'était jamais satisfaite : lorsque je me consacrais au ménage, elle trouvait que je ne m'occupais pas assez de Thomas. Dans le cas inverse, elle me reprochait de jouer avec lui pour échapper aux corvées domestiques.

Anaïs avait vingt ans, des jeans moulants et de très jolies fesses. Elle n'était pas une flèche en anglais, ni dans les autres matières d'ailleurs. Même le directeur des études, un homme jovial et d'un naturel optimiste, doutait qu'elle réussisse à obtenir son BTS d'assistante de direction. Moi, je ne me faisais aucun souci pour son avenir. Avec un cul pareil, les propositions d'embauche allaient pleuvoir, et, en secret, j'enviais son futur patron.

Marianne se déclarant trop fatiguée pour faire l'amour, c'était à Anaïs, mon étudiante, que je pensais désormais lorsque je soulageais ma libido sous la douche trois fois par jour : le matin, en rentrant de mes cours, puis avant de me coucher. Cette manie fit grimper notre facture d'eau d'une façon alarmante. Marianne me demanda d'aller acheter en pharmacie un déodorant plus efficace pour éviter de me laver si souvent. Je lui rétorquai qu'elle n'avait qu'à cesser de changer Thomas de tenue dès qu'il se salissait, afin de limiter le nombre de lessives. Nous avions, désormais, de passionnantes conversations.

Ce fut Anaïs qui fit le premier pas, en me demandant de lui donner des cours particuliers. Peut-être avait-elle seulement besoin de soutien linguistique, mais je me plais encore à penser qu'elle avait d'autres idées en tête. Je passai de délicieux moments dans son studio d'étudiante, penché sur sa nuque couverte d'un fin duvet blond, tandis qu'elle s'escrimait sur ses traductions. Lorsque je m'asseyais près d'elle pour corriger ses fautes, je ne pouvais empêcher mon regard de dévier vers sa poitrine menue mais ferme, qui semblait me narguer.

Je rentrais de ces cours particuliers dans un tel état qu'il me fallait gagner la salle de bains toutes affaires cessantes. Ces ébats sanitaires solitaires, c'était tout ce que m'apportait désormais ma vie maritale.

Un samedi soir, alors que je me glissais dans le lit conjugal en faisant attention à ne pas déranger Marianne, qui s'était couchée à 21 h pile, celle-ci se tourna vers moi. Elle se faisait, m'avoua-t-elle, du souci pour moi. En nettoyant la douche, elle avait découvert sur le mur carrelé des traces qui n'étaient pas du liquide pour bain moussant. Est-ce que je voulais lui en parler ou préférais-je consulter un psy ? Son père en connaissait d'excellents. Je lui répondis que tout allait bien et qu'il était temps de dormir. On devait être le lendemain à midi chez ses parents pour le traditionnel repas dominical.

Peut-être Marianne confia-t-elle à Christine ses soucis conjugaux ? Toujours est-il que, le week-end suivant, elle ne dormait pas lorsque je la rejoignis dans notre chambre. Vêtue d'une nouvelle nuisette couleur chair, elle se colla à moi et commença à me caresser le bas-ventre. Désormais, deux fois par semaine, Marianne s'offrait à moi avec constance, mais sans ardeur. Je me glissais de nouveau avec bonheur en elle, sans parvenir toutefois à chasser de mon esprit le corps délié d'Anaïs.

Celle-ci obtint en juin de cette année-là son BTS, grâce à ses notes en anglais qui rattrapèrent les autres de justesse. Pour fêter cela, elle m'invita en tête à tête au restaurant. J'avais prévenu Marianne que je rentrerais tard de cette soirée soi-disant passée avec des collègues pour fêter la fin de l'année scolaire. Après le repas, je suivis Anaïs dans son studio où elle se dévêtit sans façon devant moi. Ce soir-là, je me gorgeai de la fraîcheur et de la fermeté de sa peau, respirai ses moiteurs juvéniles, explorai sa croupe et me réjouis de ses gémissements non feints.

Je regagnai l'appartement en traînant des pieds, aspirant l'air tiède de la nuit comme un prisonnier au sortir d'un long séjour en geôle. Sous la douche, je ricanai tout seul au souvenir de mes ébats solitaires et des soupirs programmés de Marianne. Christine avait dû lui conseiller de faire semblant de m'accompagner dans l'orgasme.

Tout en me séchant, je contemplai avec dégoût les flacons alignés sur les étagères, le talc pour les fesses de Thomas, le lait démaquillant de Marianne et nos brosses à dents dans le verre commun. J'allais quitter la petitesse de ce quotidien, les bouderies provoquées par les factures d'eau, les repas familiaux dominicaux et les sorties obligatoires au parc, au pas et en silence derrière le landau. Après le divorce, Anaïs et moi vivrions dans son studio. Mieux, nous partirions en Italie, d'où son père était originaire. Thomas viendrait nous rejoindre et je le regarderais grandir pendant les vacances scolaires. J'arrêterais d'enseigner et ferais des traductions. Anaïs trouverait facilement du travail. Et tant pis si elle couchait avec son patron.

Le lendemain, pendant le petit déjeuner, Thomas renversa son petit pot qui se fracassa sur le carrelage. Marianne se baissa en râlant pour ramasser les morceaux de verre. Elle se redressa soudain, blanche comme un linge, et se précipita vers la salle de bains. Deux jours plus tard, un test de grossesse lui confirma qu'elle attendait un second enfant.

Le soir même, je téléphonai à Anaïs. Il fallait que je la voie tout de suite, qu'on programme notre départ avant que l'ovule fécondé de Marianne ne devienne un être trop humain me condamnant à une double paternité. Anaïs décrocha à la cinquième sonnerie et me demanda d'une voix froide ce que je voulais. Elle était avec un ami, si je voyais ce qu'elle voulait dire, un chef d'entreprise qui recherchait une assistante.

Je ne suis jamais allé en Italie, et je ne m'y rendrai jamais. Cela me rappellerait trop cet espoir avorté.

Julie naquit un samedi de février. N'ayant ni cours ni examen à surveiller, je fus obligé d'assister à l'accouchement. Je m'en tirai avec les honneurs, c'est-à-dire sans tourner de l'œil. Au moment de l'expulsion, je fixai discrètement un oiseau qui picorait sur le rebord de la fenêtre.

La musaraigne regarde furtivement sa montre. Si je tarde trop à répondre, elle n'est pas encore rentrée chez elle. Je pense qu'elle est célibataire. Il y a des femmes comme cela, rien qu'à les voir, avec leurs gestes précautionneux, on sait qu'elles vivent et mourront seules. J'ai pitié d'elle et je fais un effort pour rester concentré.

— Très sincèrement, je ne sais pas si j'aimais encore Marianne. Je crois que, ce que j'aimais, c'était l'idée d'avoir une famille, comme tout le monde.

— Et Pierre-Emmanuel Ratineau, il faisait partie de ce charmant portrait de famille ? raille Bertille Lamotte-Choisy. Ce n'était pas trop difficile de le croiser chez votre ex-femme tous les dimanches soir ?

— Je préférais supporter sa présence et voir mes enfants.

La musaraigne hoche la tête. Les dimanches soir solitaires, elle connaît. Tout comme se retrouver cernée de couples la nuit du réveillon.

— M. Ratineau n'a que quelques années de plus que vos enfants, poursuit le juge. Avec un peu d'imagination, vous parveniez sans doute à le considérer comme votre fils…

— J'arrivais à faire abstraction des relations qu'il entretenait avec Marianne et nos rencontres en famille se passaient bien.

B. Lamotte-Choisy soupire sans répondre. Elle s'absorbe dans le dossier ouvert sur son bureau, qu'elle feuillette. Elle en sort une feuille blanche protégée par un plastique.

— Je regrette, monsieur Verdun, mais j'ai du mal à vous croire.

Elle me tend sans un mot la chemise transparente qui abrite la feuille.

— Lisez et vous comprendrez mes doutes à votre égard, reprend-elle. C'est une photocopie, bien évidemment.

C'est la première fois que je tiens une lettre anonyme entre mes mains. C'est une feuille de papier format A4, sur laquelle sont classiquement collées des lettres découpées dans un journal. *« Vincent et Marianne, ça n'allait pas au lit. Un autre l'a fait jouir. Il ne supportait pas. »*

— Il n'y a pas d'empreintes, précise la juge. L'équipe de Saint-Simon est en train d'analyser le papier.

Je reste un moment sans parler. Tant pis pour la musaraigne, elle rentrera plus tard chez elle. B. Lamotte-Choisy m'observe, tout en faisant tourner avec deux doigts son alliance.

— Avez-vous une idée de l'auteur ?

Cette lettre, précise-t-elle, a été glissée durant la nuit dans la boîte aux lettres du commissariat où j'ai été interrogé après le drame.

Je ne me sens pas très bien, je crois que je vais vomir. La musaraigne relève la tête et me regarde, elle a l'air tendue. Sans doute s'est-elle rendu compte de ma pâleur. Cela me réconforte un peu.

Elle jette un coup d'œil à sa montre. C'est seulement l'heure tardive qui la rend soucieuse. Elle se lève, glisse un mot à l'oreille du juge qui décide de clore l'entretien.

— Vous serez convoqué pour une seconde audition, monsieur Verdun, toujours comme témoin assisté. Je vous recommande de prendre un avocat.

La greffière se lève et m'escorte d'un pas précipité jusqu'à la porte, tout en farfouillant dans une de ses poches, sans doute à la recherche de ses clés de voiture.

Posé sur la commode dans l'entrée de mon appartement, le répondeur clignote.

« *Espèce de salopard, tu as tué Marianne !* » C'est toujours la même voix, féminine, mais étouffée et méconnaissable. Je ne parviens toujours pas à l'identifier. Le message date de 14 heures. Le répondeur affiche encore « privé » à la place du numéro de téléphone. Mon interlocutrice doit être sur liste rouge.

Ce n'est qu'après avoir pénétré dans le séjour que je constate que mon appartement a changé : tout est propre et rangé. Je me souviens alors que la femme de ménage vient tous les lundis. En entrant dans la cuisine, j'avise un morceau de papier posé en évidence sur le plan de travail immaculé : « *La prochaine fois taché de ranger un peu avant mon arriver. De toute fasson, je démissione. Je ne veux pas travaillé ché un asasin. Envoyé mon solde chez ma sœur.* »

Ma femme de ménage n'a jamais été forte en orthographe mais elle faisait le ménage à fond en moins de deux heures. Tant pis, je demanderai à ma secrétaire de la remplacer. Elle me doit bien ça. À cinquante ans, si je ne l'avais pas embauchée, elle n'aurait jamais retrouvé d'emploi. Je l'ai préférée à une femme plus jeune, pour bénéficier d'un allégement des charges sociales.

Je reviens dans le séjour pour boire une bière. En passant devant la bibliothèque, je tourne la photo de Marianne contre le mur. Je me demande comment le juge sait que je garde un portrait d'elle sur ma table de nuit. Peu de gens sont au courant : mes enfants, Lucien et Christophe, la femme de ménage, évidemment. Ma voisine s'est incrustée deux fois, sous prétexte de faire connaissance. Elle a pu jeter un œil à ma chambre pendant que je préparais un thé dans la cuisine.

Je repense à la lettre anonyme. Là, le champ des suspects se réduit. Personne n'était au courant de la débandade de notre vie sexuelle, excepté Lucien, que je me refuse à imaginer en délateur. À ma connaissance, Marianne n'avait pas d'amies intimes. Elle s'est peut-être confiée à Christine. Celle-ci, je la crois capable d'envoyer ce genre de lettre.

La sonnerie du téléphone interrompt mes réflexions. Je me précipite. Mon ex-belle-mère ne prend pas la peine de me saluer. Elle me demande si Julie est chez moi avant de m'apprendre qu'elle a disparu.

6

Mercredi 7 novembre 2002

En 1981, à la naissance de Julie, Marianne et moi avons acheté une maison. Elle m'a demandé de planter un cerisier et un prunier, pour qu'on ait de l'ombre dans dix ans. Puis elle m'a prié d'installer de la moquette dans les chambres, un portail, trois placards, un barbecue et une douche à jet.

Ces travaux achevés, nous avons commencé à nous ennuyer.

Les volets de la maison sont désormais clos. La pelouse aurait besoin d'être tondue. Pour la reconstitution de l'accident qui a coûté la vie à Marianne, le juge Lamotte-Choisy a délaissé son tailleur. Elle est vêtue d'un pantalon et d'un blouson noirs, assortis à ses bottes. On dirait un oiseau de proie. À son côté, Saint-Simon me paraît moins impressionnant, comme tassé par la silhouette élancée du juge et le respect qu'il lui doit. Il me sourit, comme s'il retrouvait un vieil ami, mais je me méfie de son regard bleu impassible.

— Bon sang de bonsoir, il y a des flaques partout, ici, grommelle mon avocat en sautillant entre les ornières.

C'est Lucien qui me l'a déniché. Maître Éric Bodard est le frère d'un de ses collègues. Il vient de s'installer, il est sympathique, un peu efféminé. De longs cheveux blonds encadrent son visage juvénile. Surtout, ses honoraires sont très raisonnables. J'ai fait appel à un avocat pour faire plaisir à Lucien, qui s'inquiète beaucoup pour moi, mais je n'ai pas l'intention de me ruiner en défense. Je n'ai pas voulu tuer Marianne. Ma bonne foi triomphera.

Maître Bodard l'a bien compris. Il s'est montré rassurant, après avoir entendu mon histoire. Pour lui, cette enquête n'est qu'une formalité. C'est connu, en cas de mort violente, on s'en prend toujours à l'entourage proche de la victime. Un ex-mari est un suspect idéal. Il est convaincu que la lettre anonyme a été envoyée par une personne envieuse de ma réussite professionnelle et qui colporte des ragots sur ma vie privée pour nuire à l'image de mon entreprise. Il m'a conseillé d'enquêter du côté de la concurrence. Je lui ai demandé s'il avait déjà traité un cas semblable au mien, et il m'a avoué que non. Il a effectué son dernier stage dans un cabinet spécialisé en droit fiscal.

Je suis content de revoir mon 4 × 4, confié aux experts scientifiques. L'officier black a plié ses deux mètres pour s'asseoir du côté conducteur. Je l'ai regardé monter dedans avec un peu de nervosité, notamment à cause de ses baskets maculées de boue – à vue de nez, il fait du 48. Je n'aime pas prêter mes affaires. Alors une voiture neuve… Mais le juge ne m'a pas laissé le choix.

Il l'a garé à l'endroit exact où les premiers secours l'ont découvert, précisément à deux mètres du lieu de l'impact entre le coffre en métal et le corps de Marianne. Je m'abstiens de regarder le sol sous l'auvent du garage. J'ai peur d'y déceler des traces de taches de sang.

Saint-Simon m'invite à rejouer la scène. Je monte à mon tour dans le véhicule. D'un coup d'œil, je regarde dans quel état le grand Black a laissé le tapis placé sous les pédales. À première vue, il a fait attention, avec ses grandes godasses.

C'est la première fois que je me retrouve au volant. Mon permis a été suspendu et, depuis, je prends le bus pour aller travailler. Si je dois aller voir un client, c'est ma secrétaire qui me conduit. L'intérieur de sa voiture sent un mélange écœurant de patchouli et de vanille, elle a collé des patchs de désodorisant partout sur le tableau de bord, et elle roule à la vitesse d'un escargot.

Deux mannequins postés debout contre la porte du garage remplacent Marianne et son compagnon. Je ferme les yeux tout en enclenchant la marche arrière. Sur une boîte automatique, il n'y a que trois positions possibles : le point mort est au milieu. Pour passer la première vitesse, il faut pousser le levier vers l'avant. À l'inverse, il faut le tirer en arrière pour enclencher la marche arrière. Je me suis trompé de sens, c'est aussi bête que cela.

Je fais vrombir le moteur. J'ai les mains moites. Au moment où le véhicule recule, je jette un œil dans le rétroviseur. Le grand Black tire vers lui le mannequin représentant Pierre-Emmanuel, qui s'affale sur le côté. Je sens dans tout mon corps le choc, à l'arrière du véhicule, amoindri par la texture molle du mannequin figurant Marianne. Je freine, passe la première et appuie sur l'accélérateur, le véhicule parcourt deux mètres avant que je ne stoppe et coupe le moteur. Je m'affaisse sur le volant. La juge, Saint-Simon et son équipe observent la scène en silence. Craignant un malaise, le grand Black se précipite vers moi.

— Faites gaffe, il a tendance à vomir, prévient Saint-Simon.

Il retire son 48 fillette juste à temps.

Maître Bodard saute presque à pieds joints par-dessus une flaque pour me rejoindre. Il me tend un mouchoir blanc, brodé à ses initiales, afin que je m'essuie la bouche. Puis il se tourne vers les enquêteurs.

— La réaction de mon client est édifiante. C'est celle d'un homme qui souffre, pas celle d'un tueur de sang-froid.

Saint-Simon le contemple, perplexe.

— C'est votre première affaire, n'est-ce pas ?

Maître Bodard se rembrunit et s'écarte du groupe avec un air boudeur. Une de ses chaussures cirées s'enfonce dans la boue. Il pousse un discret juron.

— On poursuit, ordonne la juge. On ne va pas passer la nuit ici.

Saint-Simon s'exécute.

— Qu'avez-vous fait après, monsieur Verdun ? me demande-t-il.

— J'ai voulu appeler les secours mais mon téléphone portable était déchargé. Alors je suis sorti de la voiture et je me suis approché du garage.

— Allez-y.

Je descends avec précaution de mon 4 × 4. Mes jambes flageolent et je manque de tomber du marchepied. Je me dirige vers le garage. Je marque une seconde d'hésitation. Tous les regards sont braqués sur moi, excepté celui de mon avocat, occupé à nettoyer ses chaussures en les frottant dans l'herbe.

— J'ai… j'ai fait quelques pas dans leur direction et puis… je n'ai pas pu aller plus loin.

— Et ensuite ?

Je ferme les yeux, avant de répondre. Je voudrais disparaître dans un trou de souris.

— Je suis allé me réfugier près de la balançoire. Je ne pouvais pas supporter de voir… ça.

— Vous auriez pu faire le tour de la maison, entrer par la porte principale et utiliser le téléphone fixe, intervient la juge.

— Marianne la ferme tous les soirs à 18 h 30 précises. Elle redoute les cambriolages.

— Et votre fille ? Elle se trouvait dans la maison. Vous auriez pu l'avertir.

— Je ne voulais pas qu'elle voie sa mère dans cet état.

Maître Bodard s'est approché. Ses chaussures sont propres, luisantes de rosée.

— Je souhaite parler à mon client, intervient-il.

B. Lamotte-Choisy acquiesce d'un haussement d'épaules. Il m'entraîne à l'écart, en sautillant pour éviter les flaques.

— Vous risquez d'être poursuivi pour non-assistance à personne en danger, me prévient-il

Vu la tournure que prend cette reconstitution, je songe que ce serait un moindre mal.

Depuis sa baie vitrée, ma voisine de gauche observe avec une attention morbide le grand Black qui range les mannequins désarticulés dans le coffre d'une voiture banalisée. Pour pouvoir refermer la porte, il pousse celui de Marianne. Le visage aveugle du mannequin vient s'intercaler entre ses pieds en mousse.

Elle se tenait déjà derrière cette baie vitrée, vingt ans plus tôt, le jour où nous avons emménagé. Elle avait moins de rides mais déjà le même regard inquisiteur. J'avoue ne pas lui avoir prêté attention. Julie, qui avait trois mois, hurlait dans son lit auto. Thomas, âgé de deux ans, s'était emparé d'un bout de carton et essayait de l'avaler. Marianne râlait, car les déménageurs que j'avais recrutés étaient, selon elle, tous des incapables. L'entreprise de déménagement était la seule chose qu'elle m'avait laissé choisir.

À cette époque, nous fréquentions beaucoup Lucien et sa femme. Nous nous invitions souvent, allions de conserve promener les enfants et passions les fêtes de fin d'année ensemble. Une quasi-gémellité conjugale qui me rassurait. Je me coulais, sans me poser de questions, dans la vie d'un couple ordinaire, confortant ainsi l'image que la société, mon père et ma belle-famille attendaient de moi.

Marianne appréciait l'esprit pratique de Christine. Elles choisirent la maison ensemble. Lucien se chargea de négocier un prêt à un taux intéressant. Je n'eus qu'à signer le sous-seing, puis l'acte chez le notaire.

Outre les poutres au plafond de la salle à manger, notre nouveau domicile comprenait trois chambres, une cuisine équipée, qui avait séduit Marianne et Christine, et un appentis, à côté du garage. Marianne me persuada que chaque enfant devait avoir sa chambre. Je dus me contenter du séjour pour corriger mes cours. Je casai dans la remise les cartons contenant mes maquettes d'avions, entre les meubles massifs hérités de la famille Pomerol.

Christine et Marianne avaient bien sûr enquêté sur le voisinage, avant l'acquisition de la maison. Il faut croire que ce lotissement, perché sur un coteau et entouré de vignes, attirait les professions libérales. On y comptait un gynécologue – Marianne et Christine trouvaient qu'il ressemblait au héros de leur série préférée –, un huissier de justice, deux kinésithérapeutes, un publicitaire et deux conseillers juridiques. Dès le printemps suivant, Marianne, encouragée par Christine, les invita et je passai une demi-journée à griller des saucisses sur le barbecue, que j'avais eu du mal à monter, même en suivant la notice.

La semaine, j'enseignais l'anglais à de jeunes délurées, dont je m'évertuais à ne pas voir les décolletés avantageux. Le week-end, après avoir fait le ménage, Marianne et moi partions à l'assaut du supermarché et de magasins de bricolage bondés. Le samedi soir, nous faisions l'amour, sauf lorsqu'un des enfants ne parvenait pas à s'endormir, ce qui arrivait trop souvent à mon gré. Nous allions déjeuner chez les Pomerol un dimanche sur deux. L'ayant appris, mon père exigea qu'on en fît autant chez eux. Le dimanche soir, à peine rentrée de ces repas familiaux, Marianne dressait la liste des tâches ménagères de la semaine et achevait son repassage hebdomadaire devant la télévision.

Heureusement, il y avait les soirées passées avec Lucien. Une fois par mois, en accord avec nos femmes respectives, on se retrouvait dans un bar. Si on avait un peu de chance, Christophe nous rejoignait avec sa conquête du moment, qu'il choisissait toujours court vêtue. On pouvait s'enivrer et surtout se rincer l'œil gratuit.

Je perdis mon travail l'année où Julie entra à l'école maternelle. Je n'avais pas démérité, mais le directeur avait un neveu à caser. J'eus le temps d'aménager l'appentis à mon goût. Je construisis des étagères pour exposer mes maquettes.

Au bout de trois mois de recherches intensives, je dus me rendre à l'évidence : aucune école privée n'avait besoin d'un professeur d'anglais. Je passai un seul entretien, pour enseigner dans un institut de langues. Son directeur préféra recruter une jeune femme moins expérimentée mais gironde. J'étais, pour la première fois de ma vie, victime de discrimination sexuelle.

Je me résolus à devenir père au foyer. Ma vie se recentra sur les horaires de l'école et le supermarché. L'avantage de cette nouvelle vie, c'était que Marianne était moins stressée le dimanche soir. Mais, en revanche, elle devenait plus exigeante quant à l'entretien de la maison, dont j'avais désormais la charge. Quatre fois par jour, je croisais les femmes de mes voisins devant l'école. Nous partagions de graves questions existentielles : où trouver des protège-cahiers vert pomme, quel cadeau acheter pour le départ à la retraite de l'instituteur, comment forcer nos chérubins à manger des épinards.

Marianne leur avait expliqué que j'avais pris un congé parental, et toutes l'enviaient d'avoir un époux si soucieux de l'éducation de ses enfants. Leurs maris rentraient tous tard le soir, juste à temps pour embrasser les gosses avant qu'ils ne se couchent. Durant la matinée, elles trompaient leur ennui en faisant ensemble du jogging puis en s'invitant réciproquement à boire un café. J'acceptais de courir avec elles car, malgré mes activités ménagères, je commençais à prendre un peu de poids. En revanche, je déclinais leur invitation à prendre un café chez elles pour la même raison. Elles avaient la fâcheuse habitude d'accompagner chaque boisson chaude d'une part de gâteau, ce qui annulait illico les bienfaits de leur séance de sport.

Je ne détestais pas courir avec elles au milieu des vignes. En galant homme, je les laissais passer devant, autant pour éviter leur bavardage incessant que pour mater leurs fesses. Dans le lot, il y en avait deux ou trois qui avaient échappé aux ravages physiques de la maternité. La femme du gynécologue me fit de discrètes avances, auxquelles je ne cédai pas. D'après Christophe, qui avait beaucoup d'expérience, coucher avec une voisine était pratique, question trajet, mais, à la fin de la liaison, l'un des deux amants était souvent contraint de déménager.

Ce fut ma voisine de droite qui révéla que je n'étais pas en congé parental, mais inscrit au chômage. Venue un jour m'emprunter des œufs, elle avait remarqué sur la commode de l'entrée une enveloppe à l'en-tête des Assedic. La nouvelle fit le tour du quartier en moins d'une demi-journée. Je ne fus plus invité à faire du jogging dans les vignes.

Cet été-là, nous n'organisâmes pas de barbecue. D'abord, parce que nous n'avions plus les moyens de nourrir tout le lotissement, ne serait-ce qu'avec des chips et des merguez. Ensuite, parce que nous nous disputions sans cesse. Même si elle ne l'avouait pas, Marianne avait honte de ma situation et se montrait de plus en plus distante. Chaque soir, en rentrant du travail, elle s'effondrait sur le canapé en disant que son boulot l'épuisait, mais elle tenait à s'occuper du coucher des enfants, comme si j'en étais incapable. Nous dînions en silence. Elle ne m'aidait même plus à débarrasser la table.

À chaque réunion familiale, mon père me faisait des reproches – on ne fondait pas une famille nombreuse si on n'était pas sûr de pouvoir la nourrir, me serinait-il. Deux enfants, selon lui, c'était déjà une grande fratrie.

Du côté Pomerol, le message était le même, mais énoncé de façon plus subtile. Marie-Astrid m'accueillait d'un « Alors, où en est-on ? » faussement enjoué. Au cours du repas, Hermine se plaignait de ce que de plus en plus d'adultes immatures se retrouvaient à la charge de la société. Après le dessert, mon beau-père me prenait à part pour m'assurer qu'en cas de besoin je pouvais compter sur lui. Il avait, précisait-il, de plus en plus de charges pour faire tourner son cabinet dentaire, mais, pour Marianne et ses petits-enfants, il était prêt à faire un effort. Seule Caroline semblait compatir. À table, elle me servait toujours les plus belles parts. Je retrouvais dans mes poches de manteau des brochures sur la formation pour adultes, qu'elle piquait à son travail.

Après la reconstitution, je suis passé au bureau. La vie continue. J'ai une secrétaire et trois professeurs à payer. Pour l'instant, en dépit de la suspicion qui pèse sur moi, aucun étudiant n'a quitté l'école. Il faut dire que je les bichonne, ces jeunes cadres dynamiques. J'ai choisi avec soin mes enseignantes : une blonde un peu froide, une brune volcanique et une Asiatique pour l'exotisme. Un condensé d'archétypes féminins plutôt réussi, grâce auquel je me démarque de la concurrence.

Emma, la blonde, a grandi à Manchester et n'a aucune envie d'y retourner. Elle accepte sans sourciller de faire des heures supplémentaires au tarif normal. Ses joues déjà pâles se décolorent chaque fois que je l'appelle dans mon bureau, tant elle craint d'être renvoyée. Elle ignore que le code du travail français est très différent de celui de son pays. Je ne lui ai jamais dit que ses étudiants l'appréciaient. Je préfère la maintenir sous pression, c'est plus productif.

La brune Kathleen vient de Londres et a un amant français. Ce qui l'autorise, sans doute, à entrer à l'improviste dans mon bureau pour se plaindre au moindre problème – un souci de planning ou une panne d'agrafeuse. Mis à part cette fâcheuse habitude, elle est un professeur dynamique et très aimé de ses étudiants. Je la drague un peu pour la forme, afin qu'elle râle moins. Elle est ainsi, Kathleen, elle a toujours besoin de se prouver qu'elle plaît à d'autres hommes qu'à son compagnon. Il faut dire qu'il a le crâne dégarni et vingt-cinq ans de plus qu'elle.

Mais ma préférée est Zhou, l'enseignante chinoise. C'est une petite poupée de porcelaine, au regard intelligent et aux longs cheveux noirs. Je l'ai débauchée au prix fort – elle était vacataire à la faculté. Depuis, je la dorlote, car elle est la véritable plus-value de ma société. Elle choisit la première ses jours de congé et la secrétaire tient à sa disposition du thé au jasmin toujours chaud ; Kathleen râle, car elle préfère le darjeeling.

Lorsque je suis retourné au bureau, après la mort de Marianne, ma secrétaire m'a accueilli en larmes. Je l'ai priée de cesser de pleurer, car renifler à l'accueil peut faire fuir le client. Depuis qu'elle sait que la justice s'intéresse à moi, elle ne me regarde plus tout à fait droit dans les yeux quand elle me parle. Elle sursaute chaque fois que j'entre sans frapper dans son bureau. Sans doute me soupçonne-t-elle d'être un tueur en série. Plus pâle que jamais, Emma rase les couloirs et consulte sans cesse l'état des inscriptions pour s'assurer qu'il n'y a pas de défections. Avec ses bottes à talons et sa minijupe, Kathleen semble me provoquer avec plus de constance que d'habitude, comme excitée par l'odeur du scandale. Zhou ne dit rien et se contente de me regarder en biais avec ses yeux bridés.

Je m'enferme dans mon bureau pour lire le rapport du comptable. Entre les dépenses courantes et les frais engagés pour faire de la publicité, je n'ai pas le droit à l'erreur. Un petit grattement à la porte m'informe que ma secrétaire souhaite me parler. C'est une manie chez elle, elle ne frappe jamais, elle gratte le bois du bout des ongles. Elle m'annonce qu'un journaliste a téléphoné, le même que celui qui lui avait demandé une photo de moi. Un petit jeune qui se déplace en moto, précise-t-elle. Il lui a posé quelques questions à mon propos, auxquelles elle a consenti de répondre. Un jeune homme aussi bien élevé, de nos jours, c'est rare, se justifie-t-elle. J'ai soudain envie de l'étrangler. Il faut que je me contrôle.

Julie n'a répondu à aucun des appels que j'ai laissés sur son portable. J'ai hâte de regagner l'appartement pour consulter le répondeur.

Cela fait deux jours qu'elle a quitté le domicile de ses grands-parents. Elle n'a pris aucun bagage, pas même sa trousse de toilette. Aucun mouvement n'a été enregistré sur son compte bancaire, ni un retrait d'argent à un distributeur. L'opérateur téléphonique auquel elle est abonnée n'a signalé aucun appel émis depuis son téléphone. La police a ouvert une enquête pour disparition inquiétante et m'a interrogé en présence de mon avocat. Je me suis un peu énervé et leur ai proposé de fouiller mon appartement, pour vérifier que je n'avais pas séquestré Julie dans le dressing. Saint-Simon m'a répondu qu'il attendait pour cela un mandat du juge d'instruction.

Le silence qui m'accueille lorsque je pénètre dans l'appartement me glace. Il n'y a pas de message de Julie sur le répondeur. Seulement un de ma correspondante anonyme qui me traite, pour la troisième fois, de salopard.

Je me dirige d'un pas las vers le frigo, pour y prendre une bière. J'ai besoin d'alcool. J'ai peur que Julie n'ait fait une bêtise. Après la disparition de Marianne, je ne le supporterais pas.

Je m'affale sur le canapé encombré de linge non repassé. La désertion de ma femme de ménage commence à se faire sentir. J'allume la télévision et je zappe quelques instants. Les nouvelles du monde m'indiffèrent et les publicités tartinent le petit écran de familles idéales. Je préfère éteindre.

Lorsqu'on frappe à la porte, je me sens soulagé. Je songe presque avec plaisir à ma voisine de palier, qui a dû guetter mon retour et vient fouiner dans ma vie, au prétexte d'une soupe chaude. Tout, plutôt que d'affronter le vide déprimant de cet appartement.

Caroline se tient sur le palier, un peu intimidée. Je l'accueille à bras ouverts, tel un ange atterrissant dans mon enfer personnel.

— On a commencé à trier les affaires de Marianne. J'ai pensé que tu serais heureux de récupérer quelques objets.

Je la débarrasse du carton et lui propose un verre.

— Maman ignore que je suis passée chez toi, me précise-t-elle. Et je ne tiens pas à ce qu'elle le sache.

Je lui promets de rester discret sur cette visite, et elle accepte un jus de tomate, en rougissant.

Nous sortons les affaires du carton. En extirpant une minuscule statue de la Liberté, que Marianne et moi avions achetée à New York, Caroline se met à pleurer. Son premier voyage aux États-Unis, elle l'avait fait avec sa sœur, quelques années avant notre rencontre. Je lui tends un mouchoir. Elle sourit vaillamment. Je n'avais jamais remarqué que Caroline et Marianne avaient les mêmes lèvres ourlées.

Il est presque minuit lorsqu'elle prend congé. Je la raccompagne jusqu'à l'ascenseur. Ma voisine en sort, quand il s'arrête à l'étage. Une fois par mois, elle va à l'Opéra avec un groupe de copines, toutes veuves d'officiers de marine. Engoncée dans son manteau de fourrure, elle dévisage Caroline, l'air pincé.

— C'est tout de même prématuré de fréquenter si vite une autre femme, maugrée-t-elle en se dirigeant vers son appartement.

Le lendemain, je décide de rendre visite à Thomas. Julie et lui sont très proches, et il a dû avoir de ses nouvelles. Mon fils est pareil à un métronome. Deux fois par semaine, après ses cours, il se rend à son club d'aïkido, il pratique ce sport pour renforcer son self-control. Les autres soirs, il rentre directement de la fac. J'ai réussi à trouver l'adresse de Paul, le copain qui l'héberge. Aujourd'hui, Thomas n'a pas cours d'aïkido, il doit donc être en train de potasser ses cours.

Le deux-pièces que loue Paul sent le pop-corn et la chaussette sale. Il m'ouvre la porte. On dirait un clone de mon fils : même allure dégingandée, lunettes d'intello et traces d'acné sur le menton.

Thomas est assis sur le canapé futon qui équipe le séjour, son ordinateur portable sur les genoux. Il n'a pas l'air enchanté de me voir.

— Comment tu as fait pour trouver l'adresse de Paul ?

C'est Caroline qui me l'a donnée mais je préfère ne pas répondre.

— Je suis inquiet pour ta sœur. Elle ne m'a donné aucun signe de vie.

— Normal, elle te prend pour l'assassin de maman.

Prévenant, Paul me tend une chaise, sur laquelle je m'affaisse. Je me demande comment il a deviné que mes genoux tremblaient. Je réponds, livide :

— Je n'ai pas voulu tuer votre mère, c'était un accident. Tu me crois, toi, au moins ?

Je lui jette un regard suppliant. Il détourne la tête.

— C'est à la justice de le dire, pas à moi.

Il se concentre sur son écran, faisant comme si je n'étais pas là. Gêné, Paul me propose un café. J'accepte pour gagner du temps. Il revient de la cuisine avec un plateau en plastique sur lequel il a placé une tasse d'eau fumante et un sachet de café lyophilisé. Pour faire de la place, il repousse le paquet de corn-flakes et les deux bols sales qui traînent sur la table.

— Désolé, je n'ai pas de sucre.

— Ce n'est pas grave. J'adore le café noir.

Je me force à avaler une gorgée de ce breuvage infâme.

Paul se tortille cinq secondes devant moi, ne sachant que dire.

— Bien, je vous laisse. Je retourne travailler dans la chambre, s'excuse-t-il enfin avant de détaler.

Thomas semble avoir oublié ma présence. La moutarde commence à me monter au nez. Petit, déjà, il mettait ma patience à rude épreuve. J'avais rêvé d'un garçon sportif et débrouillard, Thomas était un gamin chétif et maladroit. La première fois qu'il est monté sur des skis, il s'est cassé la jambe. Je l'ai inscrit au basket pour qu'il s'endurcisse, il est sorti du gymnase sur une civière, assommé par le ballon. Quand il a failli se noyer lors d'un concours de plongeon, je l'ai encouragé à jouer aux échecs.

À l'adolescence, il devint presque transparent, passant son temps libre dans sa chambre, à lire et jouer sur son ordinateur. Il ne s'est jamais révolté contre l'autorité parentale, la société ou même un professeur tatillon. Je ne me souviens pas qu'il ait participé à une seule manifestation étudiante, ni qu'il soit rentré soûl d'une boum, un samedi soir. Durant sa scolarité, il a excellé dans toutes les matières, sauf en sport, évidemment.

L'année de ses quinze ans, j'ai essayé d'avoir une conversation entre hommes avec lui, histoire de lui parler des choses de la vie. Il m'a envoyé gentiment sur les roses, en me disant de ne pas m'en faire. Il avait déjà trouvé toutes les informations qu'il désirait sur Internet.

Nous avons finalement passé plus de vingt ans côte à côte, sans vraiment nous parler. Un peu comme mon père et moi. J'aurais voulu qu'il en soit autrement, mais on ne peut pas lutter contre l'atavisme.

La seule chose qui nous réunit, c'est notre goût commun pour les maquettes d'avions. Depuis l'enfance, Thomas adore assembler de petites pièces avec minutie. C'est peut-être pour ça qu'il a choisi d'exercer le métier de juge, pour comprendre une existence à partir de fragments de vie épars. Ensemble, nous avons construit un trimoteur colonial Caudron, un chasseur américain Lightning et un Spitfire anglais. Puis Thomas s'est intéressé au début de l'aviation, et je lui ai alors offert la maquette d'un Goliath, datant de 1919. J'ai même déniché une reconstitution de son ancêtre, *La Demoiselle* de Santos-Dumont. Après le divorce, Marianne a accepté que je laisse les maquettes dans l'appentis attenant au garage. Lors de mes visites, j'y retrouvais Thomas. En admirant nos maquettes, on évoquait l'époque héroïque de l'Aéropostale, ce qui nous faisait un sujet de conversation.

— Bon, c'est pas tout, mais j'ai du travail.

Thomas a levé le nez de son ordinateur et attend patiemment que je prenne congé.

— Je ne partirai pas sans savoir si tu as des nouvelles de Julie.

Il soupire, déplie sa longue carcasse, gratte d'un doigt fin son menton imberbe. Je me demande s'il est encore puceau.

— Ne t'inquiète pas, elle a dû se réfugier chez une copine. Elle est majeure. Grand-mère s'affole toujours pour rien. Si j'ai des nouvelles, promis, je t'appelle.

L'air de rien, il a réussi à me faire reculer jusqu'à la porte d'entrée.

Je m'aperçois soudain qu'il ressemble de plus en plus à Pierre-Emmanuel, le compagnon de Marianne. Il lui a emprunté sa façon de se vêtir – un jean et un pull noir – et de se chausser – des tongs japonaises. Il a même adopté sa démarche nonchalante.

— Tu as des nouvelles de Pierre-Emmanuel ?

— Évidemment. Je vais le voir tous les jours. Il paraît que parler à quelqu'un d'inconscient peut l'aider à sortir du coma.

Si j'étais dans cet état, je ne suis pas sûr qu'il ferait cela pour moi.

Je rentre chez moi un peu abattu. Deux messages m'attendent sur le répondeur. Le premier est de Caroline qui me propose d'une voix timide de l'accompagner au cinéma, histoire de me changer les idées. Le second provient de maître Bodard. Il s'excuse de ne pas m'avoir contacté plus tôt, mais il a égaré le numéro de mon téléphone portable. Le juge Lamotte-Choisy veut m'entendre de nouveau : une nouvelle lettre anonyme a été déposée dans la boîte aux lettres du commissariat.

Cette fois, son auteur m'accuse, comme Julie, d'avoir tué Marianne.

7

Mardi 13 novembre 2002

— Avez-vous une idée sur l'auteur de ces lettres, monsieur Verdun ?

C'est idiot de demander à un suspect s'il a des soupçons. Je souris malgré moi. B. Lamotte-Choisy a revêtu un tailleur aux teintes automnales mais son regard est glacial. Elle me tend une copie de la deuxième lettre anonyme reçue au commissariat. Mon avocat se penche par-dessus mon épaule pour la déchiffrer. Son parfum a des effluves de violette.

« Vincent voulait d'autres enfants mais pas sa femme. Il l'a tuer parce qu'elle était enceinte d'un autre. »

— Il y a une faute d'orthographe, s'exclame maître Bodard. L'auteur de cette lettre a omis de faire l'accord du participe passé dans la seconde phrase.

— Merci, maître, raille la juge, mais nous l'avions déjà remarqué.

Elle se tourne vers moi et me dévisage.

— Quand avez-vous appris que votre ex-femme attendait un enfant de son compagnon ?

— C'est Saint-Simon qui me l'a révélé. Je suppose que c'est sur le procès-verbal.

Ils m'énervent, tous, à me faire répéter des faits qu'ils connaissent déjà. C'est un vieux truc pour que je me trompe. Sauf qu'on ne peut pas travestir la vérité.

— À qui aurait-elle pu se confier ?

Je réfléchis, plein de bonne volonté.

— C'est le genre de choses qu'une femme annonce à une amie proche. Mais je ne crois pas que Marianne en avait. Elle était en froid avec Christine, la femme de mon ami Lucien, qui était choquée qu'elle vive avec un homme beaucoup plus jeune qu'elle. Elle n'a sûrement rien dit à ses collègues. Elle détestait les commérages. Je l'imagine mal se confier à sa mère, qui est plutôt vieille France, elle aurait critiqué cette naissance hors mariage. En revanche, Marianne voyait souvent ses deux sœurs.

— Toutes deux m'ont dit ignorer que leur sœur était enceinte.

Je repense à la faute d'accord contenue dans la lettre anonyme.

— Aucune des deux n'aurait fait une telle erreur. L'une est psychologue et l'autre, documentaliste, et dans la famille Pomerol, on est très à cheval sur l'orthographe.

Je me demande d'ailleurs sur quoi on n'est pas à cheval, dans cette famille-là.

— Justement, c'est pour brouiller les pistes, intervient maître Bodard. L'auteur de cette lettre imagine que les enquêteurs vont rechercher une personne sans éducation. Un peu comme l'affaire d'Omar Raddad, en 1991.

Fier de sa sagacité, il adresse un sourire enfantin à B. Lamotte-Choisy. Celle-ci préfère ignorer sa remarque.

— Le problème, monsieur Verdun, c'est que cette lettre, comme la première, vous accuse directement. Et elle semble provenir d'une personne très au fait de votre vie privée.

— Je proteste, s'écrie maître Bodard. Mon client est la proie innocente d'une personne cherchant à se venger, et suffisamment perverse pour envoyer des missives anonymes.

Sa voix s'étrangle un peu, sous le coup de l'émotion.

— Vous n'en êtes pas encore à la plaidoirie, maître. Gardez donc vos forces pour le tribunal, lui conseille la juge en soupirant.

Elle contemple un moment la photocopie de la lettre anonyme. Puis la range dans mon dossier. Il commence à être épais. Je me demande combien de personnes se sont assises à ma place, pour lui parler de moi.

— Je voudrais revenir sur un détail de votre première déposition. À aucun moment vous n'avez eu d'altercation avec votre femme, le soir du drame ?

— Sûrement pas.

— Votre fille se trouvait dans la cuisine, et elle affirme vous avoir entendu vous disputer.

— Marianne ne voulait pas que j'ouvre en grand la porte du garage pour rentrer la maquette. Moi, je pensais que c'était nécessaire. Le ton est monté, c'est tout.

— À propos de cette maquette, quand l'avez-vous mise dans le garage ?

— Je vous l'ai déjà dit. Avant de rentrer chez moi.

— Vous rappelez-vous le temps qu'il faisait lorsque vous avez quitté la maison de votre ex-femme ?

— Pas très beau, si je me souviens bien.

— Il pleuvait.

— Excusez-moi, mais je ne vois pas le rapport entre la météo et le décès de Marianne.

B. Lamotte-Choisy étend ses longues jambes, que j'imagine gainées de soie, et s'étire avec élégance. Puis elle se penche vers moi, comme pour me faire une confidence.

— Le problème, monsieur Verdun, c'est que la maquette était totalement sèche. Alors que vous venez de me dire que vous l'avez transportée du coffre de votre véhicule au garage, sous une pluie torrentielle. Selon un expert, le type de toile utilisé pour ce genre de maquette se détériore au contact de l'eau.

Je ne me laisse pas démonter.

— Vous avez raison, le tissu est très fragile. C'est pour cela que j'avais recouvert la maquette d'une bâche en plastique.

Mon avocat opine du chef et jette un œil sarcastique au juge.

— L'ennui, c'est que cette bâche est introuvable, poursuit cette dernière.

— Marianne a demandé à Pierre-Emmanuel de la jeter. Elle déteste le désordre.

— Les enquêteurs l'ont cherchée en vain dans le jardin et même dans les poubelles du quartier.

— Vous n'avez qu'à demander au compagnon de la victime ce qu'il en a fait, propose maître Bodard, un peu étourdiment.

— Dois-je vous rappeler, cher maître, que M. Ratineau se trouve toujours dans le coma ?

Maître Bodard ne répond pas, se contentant de fixer le bout de ses souliers cirés.

Je commence à en avoir assez

— Bon sang de bonsoir ! Ça devient n'importe quoi ! Demandez à Julie, elle sait pertinemment que j'ai sorti cette foutue maquette avant de partir. C'est même pour ça que je suis redescendu de mon 4 × 4.

Il faut que je me maîtrise, je deviens agressif.

La juge compulse mon dossier, en sort un document.

— Justement non. Julie dit que vous êtes juste revenu sur vos pas pour parler à sa mère, reprend-elle. J'ai sous les yeux ses déclarations. Vous lui avez dit, je cite : « J'ai quelque chose à dire à ta mère », sans plus de précision, avant de ressortir de votre véhicule. Et elle ne se souvient pas avoir vu de maquette d'avion dans le coffre.

— C'est normal qu'elle ne l'ait pas vue, elle avait les yeux rivés sur l'écran de son téléphone portable.

— Vous pouvez vous exprimer sans hausser la voix, monsieur Verdun.

— Mon client a besoin d'un verre d'eau, intervient maître Bodard, pour faire diversion.

Elle balaie cette requête d'un geste. La greffière à la tête de musaraigne suspend ses mains au-dessus du clavier en émettant un léger soupir. Elle aimerait faire une pause. Mais B. Lamotte-Choisy ne lui en laisse pas le temps.

— Vous affirmez avoir fait quelques pas vers les victimes, puis vous être réfugié près de la balançoire, poursuit-elle. Mais un témoin affirme vous avoir vu aller jusqu'à la porte du garage puis vous accroupir près de la victime quelques instants, avant de gagner la pelouse.

— C'est faux.

— C'est votre parole contre la sienne, dit-elle en refermant le dossier d'un geste brusque. Voyez-vous, monsieur Verdun, il y a beaucoup de zones d'ombre. Que vous vous soyez trompé en faisant une manœuvre, soit. Le problème, c'est que j'ai entendu deux versions très différentes du récit de cette soirée, la vôtre et celle donnée par votre fille et un témoin. La seule chose dont je suis sûre, c'est que vous n'avez pas prévenu les secours. Vous serez au moins poursuivi pour cela.

Maître Bodard se tasse sur sa chaise. Il semble regretter son cabinet spécialisé en droit fiscal.

La juge referme le capuchon de son stylo à encre, qu'elle pose sur mon dossier.

— Votre fille a disparu le jour où je lui ai annoncé qu'il y aurait une confrontation entre elle et vous, poursuit-elle. Je trouve cela plutôt étrange. Dans votre intérêt, j'espère qu'elle va réapparaître.

— Sinon vous en déduirez que je me suis arrangé pour la faire disparaître, histoire de faire taire un témoin gênant ? Dans ce cas, vous feriez bien de faire surveiller le compagnon de Marianne, à l'hôpital. Je pourrais avoir envie de le liquider…

Elle se lève pour me signifier la fin de notre conversation.

— N'allez pas trop loin dans l'ironie, monsieur Verdun, me prévient-elle.

La greffière quitte son poste et nous raccompagne jusqu'à la porte. Elle attend que maître Bodard soit sorti, puis pose une main légère sur mon avant-bras pour attirer mon attention.

— Je ne voudrais pas avoir l'air de vous donner des conseils, monsieur Verdun, mais, à votre place, je changerais d'avocat. Il est vraiment nul, celui-là, me souffle-t-elle. Et j'en ai vu passer, de ses confrères, dans ce bureau.

Ce soir, je me suis allongé sur mon lit pour réfléchir. Je songe aux déclarations de ce mystérieux témoin, aux deux lettres anonymes et aux messages laissés sur mon répondeur. J'ai reçu le quatrième aujourd'hui, toujours la même phrase.

Je ne vois pas qui peut m'en vouloir à ce point. Mis à part moi-même, je n'ai pas d'ennemi.

Je pense tout à coup à notre ancienne voisine, Florence Aulnois, cinquante-cinq ans d'aigreur, deux fois divorcée, un profil de matrone assorti d'une voix de poissonnière. Son deuxième mari a fui leur domicile trois mois après notre arrivée dans le lotissement. Pour avoir la paix, il lui a laissé la maison et une pension alimentaire aussi grasse qu'elle. Florence Aulnois ne travaille pas. Ses seules occupations consistent à harceler au téléphone son fils de trente ans et à épier ses voisins.

Au début, nos relations étaient courtoises. Deux jours après notre installation, elle avait sonné à notre porte pour nous souhaiter la bienvenue, en nous apportant un gâteau. C'est lors de notre premier barbecue que nous nous sommes rendu compte que les autres voisins l'évitaient. À cette époque, j'ai cru que c'était par snobisme, parce qu'elle était divorcée et n'exerçait pas, comme eux, de profession prestigieuse. C'est pour cette raison que je l'ai laissée s'incruster à la maison. À l'heure de l'apéritif, puis au dîner, tous les vendredis soir. Le week-end, en revanche, on ne la voyait pas, parce que son fils, qui réside à une heure de route de chez elle, débarquait pour faire laver son linge. Elle réussissait en général à le garder jusqu'au dimanche soir.

Les choses ont commencé à se gâter lorsque je me suis retrouvé à la maison, faute d'emploi. À sa demande, j'ai taillé ses haies, une requête normale de la part d'une femme seule. Puis elle m'a prié de l'aider à refaire la décoration du séjour. C'était elle qui peignait et moi je tenais l'échelle. J'avais, d'en bas, une vue panoramique de ses cuisses – même pour bricoler, elle portait une robe. Elle mettait des strings noirs en dentelle. Mais j'avoue que ses fesses tombantes ne m'excitaient pas. Être au chômage n'incite pas à la bagatelle.

Elle m'a ensuite demandé de faire quelques travaux dans la salle de bains, une fuite sous sa baignoire et un robinet de lavabo récalcitrant. Ses seins volumineux mais flasques traînaient entre les tournevis. Une fois, en serrant un écrou, j'ai entraperçu un de ses mamelons, une sorte de coupelle marron de bon diamètre – du 15, à vue d'œil. Nous passions beaucoup de temps ensemble, sauf lorsque j'allais courir avec mes autres voisines, ce qu'elle n'a pas tardé à me reprocher. J'ai décidé de mettre un peu de distance, le jour où elle a posé sa main sur ma braguette, comme par inadvertance. J'étais en train de changer une ampoule dans sa cuisine, j'ai sursauté et frôlé l'électrocution.

Marianne, voyant que je l'évitais désormais, m'a reproché de la laisser tomber, comme les autres voisins. Je lui ai raconté ce qui s'était passé dans la cuisine. Elle ne lui a plus adressé la parole. Deux jours plus tard, grâce à Florence Aulnois, le lotissement entier savait que j'étais au chômage.

Je suis sûr que c'est elle, le témoin qui affirme m'avoir vu accroupi près de Marianne.

Qu'elle me harcèle au téléphone, pour m'enfoncer davantage, ne me surprendrait pas. Je la crois également capable d'envoyer des lettres anonymes. Elle passe son temps à espionner son entourage. Peut-être a-t-elle appris incidemment la grossesse de Marianne.

L'ennui, c'est que si je raconte au juge d'instruction que, du haut de mon mètre soixante-deux, j'ai été agressé sexuellement par une femme frôlant le quintal, qui se venge en fournissant un faux témoignage, elle ne me croira pas.

Il est trois heures du matin et je n'arrive pas à dormir. Heureusement, Caroline m'a laissé des tranquillisants. Son amitié et ses petites attentions m'aident à tenir le coup. Je sais qu'elle s'occupe de moi par charité chrétienne, mais ce n'est pas grave, c'est tout de même réconfortant.

J'avale les deux derniers somnifères et pose le tube vide sur la table de chevet, puis je m'allonge dans le noir, guettant un sommeil libérateur.

8

Mercredi 14 novembre 2002

— Mon pauvre Vincent, il ne fallait pas faire ça. Le suicide, c'est un péché.

Je me réveille dans une chambre inconnue, entièrement blanche. J'ai une perfusion au bras gauche et un méchant goût dans la bouche. Je suis à l'hôpital et Caroline se tient à mon chevet.

— Ne vous inquiétez pas. En général, après un lavement d'estomac, ils hésitent toujours à recommencer, intervient une solide infirmière, qui a saisi mon bras libre pour prendre ma tension.

Caroline soupire. Elle a les yeux rouges, aussi colorés que son nez et ses joues pleines. Elle a pleuré à cause de moi et cela m'émeut un peu.

— C'est ta secrétaire qui a donné l'alarme. Tu avais rendez-vous ce matin avec le comptable et, comme tu n'étais pas là, elle a essayé de te joindre sur ton fixe et ton portable. Voyant que tu ne répondais pas, elle a préféré faire un saut chez toi. La concierge a accepté d'ouvrir ton appartement. Tu étais inconscient. Elles ont trouvé le tube vide à côté de ton lit, et elles ont appelé les urgences.

— Je n'ai avalé que deux calmants.

— Elles ne le savaient pas. Avec tout ce que tu endures, elles se sont affolées.

— Un bon petit lavement d'estomac, commente l'infirmière, ça ne peut pas faire de mal.

Caroline pense qu'il est malsain que je reste seul dans l'appartement. Elle a tellement insisté que j'ai accepté qu'elle s'installe à la maison. Cela ne la dérange pas de dormir dans l'un des lits superposés de la chambre des enfants. La cuisine sent le café moulu. Elle tient à plier mon linge propre.

Lucien ne cesse de me téléphoner depuis ma sortie de l'hôpital. Il répète sans arrêt qu'il s'en veut de ne pas m'avoir soutenu davantage. Il va venir me voir. Christine le lui a interdit, mais il va passer outre. Je doute qu'il en ait le courage.

J'ai appelé mon père pour le rassurer. Caroline a fait les choses en grand, elle a prévenu tout le monde. À l'autre bout du fil, mon père me reproche le mal que je fais à ma mère. Elle a doublé la dose de ses somnifères en apprenant que j'avais pris des calmants. « Même un suicide, tu le rates », conclut-il avant de raccrocher.

Thomas n'a pas daigné se manifester.

Je retourne sans tarder au bureau. Ma secrétaire me traite comme un convalescent. Elle chuchote au lieu de parler lorsqu'elle me passe une communication et ses ongles se font plus discrets pour gratter à ma porte. Emma, la professeur blonde, m'entoure elle aussi d'attentions. En moins de deux heures, elle m'a demandé trois fois si je désirais un café ; la troisième fois, je l'ai priée, un peu sèchement, de retourner s'occuper de ses étudiants. Elle s'est éclipsée en rougissant. Kathleen, sa compatriote, a cessé de me tourner autour, depuis qu'elle a appris ma tentative de suicide. Elle n'aime que les hommes sécurisants. Zhou ne dit rien, comme d'habitude, elle se contente de m'observer en douce. Sans doute regrette-t-elle d'avoir déserté la fac.

B. Lamotte-Choisy a peur d'une bavure. Un suspect suicidé et reconnu innocent *post mortem*, cela risque de freiner son avancement. Pour se couvrir, elle sollicite sans attendre une expertise psychiatrique.

Le Dr David Martin, psychiatre assermenté auprès du tribunal, a les ongles manucurés, un regard vif derrière ses lunettes et une voix proche du murmure. Il a surtout le gros défaut d'avoir l'air aussi jeune que mon fils. Il hoche la tête lorsque je lui explique que j'ai juste pris deux calmants pour dormir, non pour me suicider. Je sais qu'il ne me croit pas. J'ai l'habitude des psychiatres.

Je suis allé en consulter un, trois semaines après avoir retrouvé du travail. Cela peut sembler bizarre. J'avais survécu à une longue période de chômage, au mépris à peine voilé de ma femme et aux avances d'une voisine obèse. J'ai craqué quand je me suis retrouvé dans un centre de réadaptation par le travail, à enseigner des rudiments d'anglais à des cas sociaux. Marianne a très vite senti que je n'allais pas bien. Depuis que je travaillais, je la sentais plus proche, plus réceptive. Elle acceptait même qu'on fasse de nouveau l'amour plus d'une fois par mois. Comme quoi, une fiche de salaire peut servir d'aphrodisiaque. Selon elle, j'étais trop sensible à la misère de mes élèves. Je n'ai pas osé lui avouer que ce n'était pas leur détresse mais ma déchéance professionnelle qui me donnait le cafard.

Au bout d'un mois, je ne supportais plus la jovialité forcée du directeur du centre, les conversations post-soixante-huitardes de mes collègues, ni l'odeur de mes élèves. Car il faut avouer que la pauvreté sent mauvais. La transpiration ou le parfum de supermarché.

J'avais été habitué à des conversations de bon niveau entre collègues. Ici, les professeurs parlaient d'altermondialisme et échangeaient des recettes bio. Mes précédents élèves tentaient, tant bien que mal, d'obtenir un diplôme. Là, je devais m'estimer content si mes stagiaires parvenaient à se concentrer plus de cinq minutes.

Pendant mes insomnies, je ressassais mes échecs professionnels, de l'abandon de ma prépa à mon renvoi du lycée. J'incriminais mes parents, qui m'avaient tellement pourri la vie que j'étais parti en Angleterre. Puis ce fut le tour de Marianne, je l'avais rencontrée trop tôt et, comme l'avait prédit Christophe, elle m'avait mis le grappin dessus. Certaines nuits, je m'en prenais même aux enfants – après tout, je les avais conçus par inadvertance.

Irascible dès le matin, je houspillais Thomas parce qu'il oubliait de refermer le tube de dentifrice ou je m'énervais contre Julie qui passait trop de temps dans la salle de bains. Marianne, qui détestait les conflits, haussait les épaules et priait les enfants de se dépêcher. Je partais à reculons à mon travail. J'évitais mes collègues en arrivant et consultais ma montre cinq minutes après être entré en classe.

Il fallait que je tienne. Les études des enfants coûtaient cher. Marianne avait voulu qu'on achète une deuxième voiture. Elle souhaitait partir en Grèce l'été suivant. Lorsqu'elle me découvrit, un matin, en train de pleurer devant la glace, au lieu de me raser, elle prit rendez-vous pour moi chez un psychiatre que son père lui avait recommandé. Elle avait eu la délicatesse de lui préciser que c'était pour une amie. Je n'ai jamais su si ce furent mes entretiens avec ce psychiatre ou ma rencontre avec Pierre-Emmanuel qui améliorèrent mon état.

À cette époque, Pierre-Emmanuel avait vingt-trois ans et un parcours difficile derrière lui. Deux mois avant de passer le bac, il avait quitté le lycée et déserté le foyer désuni de ses parents. Son père, un cadre supérieur surmené, restait au bureau tard le soir pour oublier l'état de sa femme, dépressive depuis la naissance de leur unique enfant. Pierre-Emmanuel avait ensuite passé trois ans à voyager, gagnant de quoi se payer à manger en jouant du violon dans la rue. Puis, ayant constaté par lui-même que la Terre était ronde, il s'était posé dans un squat. Quelques mauvaises rencontres et trois vols à la tire plus tard, il avait évité de justesse la prison en faisant des travaux d'intérêt général, grâce à la bienveillance d'un juge qui, comme lui, adorait le nocturne en *fa* de Chopin. C'est ainsi qu'il avait atterri au centre où je travaillais, avec pour mission d'aider le responsable chargé de l'entretien du bâtiment.

Un jour, à la pause-café, il me proposa de me servir d'assistant durant mes cours – il parlait couramment anglais – car passer ses journées à tailler des haies l'ennuyait. Nous sympathisâmes et, pour le remercier de son aide, je l'invitai un soir à manger à la maison. L'histoire classique du loup dans la bergerie.

Marianne râla un peu quand il commença à venir dîner chez nous trois fois par semaine. Elle venait d'obtenir une promotion et s'épuisait à prouver à ses collègues qu'elle l'avait méritée. Je lui rétorquai que ce pauvre garçon logeait dans un foyer et se sentait seul. Elle me reprocha de nouveau de ne pas prendre de recul par rapport à mon travail. Je donnais, selon elle, un peu trop dans le social.

En vérité, inviter Pierre-Emmanuel à la maison me permettait de me rapprocher de Thomas. D'ordinaire, ce dernier n'ouvrait jamais la bouche à table et s'éclipsait dans sa chambre dès la fin du repas. Mais, lorsque Pierre-Emmanuel était présent, il devenait volubile, presque exubérant, et restait volontiers avec nous. Après le dîner, Marianne allait se coucher et Julie accaparait la salle de bains pour faire des essais de maquillage. Nous restions tous les trois à discuter, entre hommes. Thomas écoutait, bouche bée, Pierre-Emmanuel raconter ses voyages. J'étais heureux qu'il s'ouvre enfin au monde.

Thomas prenait maintenant des cours de guitare, suivant l'exemple de notre ami qui nous jouait certains soirs du violon. Admiratif, j'écoutais ses mélodies, sans me douter qu'elles allaient emporter ma vie.

Notre entente se prolongeait également au travail, et j'avais trouvé un parfait acolyte pour ricaner de la fibre sociale de mes collègues. Pierre-Emmanuel était jeune mais la vie l'avait déjà rendu plus cynique que moi. Son humour et son physique faisaient des ravages auprès des assistantes sociales et des professeurs. Les étudiantes aussi étaient sous le charme. Avec sa carrure athlétique, ses yeux clairs et ses cheveux blonds qui lui arrivaient aux épaules, il ressemblait à un Viking.

Je profitais de son sillage séduisant pour approcher à mon tour les étudiantes qui m'intéressaient. L'ardeur amoureuse dont Marianne avait fait preuve quand j'avais retrouvé du travail était vite retombée. Pour soulager mes pulsions, je devais à nouveau reprendre le chemin de la salle de bains. Marianne abordait la quarantaine sans états d'âme. Certaines femmes luttent âprement contre l'âge. Ce n'était pas le cas de Marianne, elle avait passé la main et ne se rendait plus que très rarement chez le coiffeur. Sanglée dans un tailleur austère, elle ressemblait de plus en plus à la femme de Lucien. Même usure sèche des lèvres, s'incurvant vers le menton, identique affaissement des chairs, non corrigé par la pratique vigilante d'un sport. Marianne n'était plus tendue que vers sa réussite professionnelle.

Ne supportant plus mes ébats solitaires dans la salle de bains, j'entrepris une liaison intermittente avec une de mes étudiantes, encouragé en cela par Pierre-Emmanuel qui prônait la jouissance comme unique religion. Lui-même avait déjà à son actif deux professeurs, la secrétaire de l'accueil et la moins moche des assistantes sociales.

Lisa était une pauvre fille, mère en cascade à dix-sept, dix-neuf et vingt et un ans. Sans doute était-elle incapable de lire correctement le mode d'emploi d'un contraceptif. Si son QI était négligeable, elle avait pour elle un derrière agréable et un certain sens de la décoration. Elle logeait dans un appartement déniché par les services sociaux qu'elle avait aménagé avec goût, en collectant des meubles dans les associations caritatives, sans se douter qu'elle était à l'avant-garde de la mode future du *vintage*.

Je passais la voir après mon travail, profitant du fait que ses enfants étaient en cours de soutien scolaire offerts par la municipalité. Ces parties de jambes en l'air me permettaient d'oublier ma dure condition de prof et les cuisses grasses de Marianne.

Je décidai de me présenter au concours externe du CAPES d'anglais après un dîner avec les collègues de ma femme. C'était une soirée élégante, avec break familial et 4 × 4 garés sur le trottoir. Marianne avait revêtu sa plus jolie robe noire, qui l'amincissait un peu. Après les amuse-gueule, elle m'avait présenté comme étant professeur d'anglais, mais elle avait évité de préciser où je travaillais. Cette décision fut sans doute aussi confortée par les propos de mon psychiatre, qui me serinait à chaque séance qu'il fallait que je m'occupe, toutes affaires cessantes, de mon développement personnel. Durant un an, je me consacrai à la préparation de ce concours.

Je rompis avec Lisa. Elle pleura un peu, lorsque je lui annonçai que je ne viendrais plus la voir, et je m'éclipsai rapidement, prétextant que ses enfants allaient rentrer. Le lendemain, j'invoquai un problème de niveau pour la refiler à un collègue. Pendant une semaine, je me cloîtrai dans la salle des profs pour éviter de la croiser dans les couloirs.

Oscillant entre espoir et angoisse, je passai désormais mes soirées à réviser dans l'atelier, que j'avais transformé en bureau. À minuit, je fermais enfin mes bouquins, effleurais les cheveux de Marianne, qui, assise sur le canapé, devisait avec Pierre-Emmanuel, puis montais me coucher. Entre mon travail et la préparation du concours, je n'avais guère le temps de m'occuper de ma famille. Marianne était admirable, elle suivait avec attention la scolarité des enfants et continuait de recevoir Pierre-Emmanuel à dîner, consciente de son influence positive sur Thomas. Deux mois plus tôt, il avait achevé son travail d'intérêt général et trouvé, grâce à un collègue de Marianne, un emploi d'assistant commercial dans une société d'import-export.

Le jour des résultats, un mercredi, je rentrai exceptionnellement entre midi et 2 heures à la maison. J'espérais une lettre m'informant de mon admission. Elle était effectivement arrivée et m'annonçait que j'avais été recalé.

Je la fourrai dans la poche de mon pantalon et pénétrai dans la maison. Je gagnai la cuisine pour me servir un verre de vin, souhaitant noyer le sentiment de découragement qui me submergeait. Ma main tremblait tellement en remplissant mon verre que je le renversai et tachai ma chemise. Je montai à l'étage pour en changer. Arrivé dans la chambre, je trouvai Marianne, assise à son bureau, Pierre-Emmanuel à son côté. Ils étaient, m'expliqua-t-elle, en train de traduire la lettre en anglais qu'avait envoyée la mère de la correspondante de Julie. Elle nous proposait de la recevoir l'été prochain.

Ne souhaitant pas faire état de mon échec au concours devant Pierre-Emmanuel, je me dirigeai vers la salle de bains jouxtant la chambre, au prétexte de prendre de l'aspirine. J'avisai la poubelle placée sous le lavabo et sortis de ma poche la lettre, que je froissai d'un geste rageur. Puis je la lançai en direction de la poubelle. Comme Thomas, je n'ai jamais été bon en basket. Elle atterrit juste à côté. Alors que je me penchais pour la ramasser, je remarquai dans la poubelle un préservatif usagé, dont l'utilisation semblait récente.

Lorsque je revins dans la chambre, Pierre-Emmanuel avait disparu et Marianne se recoiffait devant la glace. Je lui tendis, sans un mot, l'objet du délit, tenu entre les deux branches de sa pince à épiler. Puis je sortis de la pièce.

Ce soir-là, je dormis chez Lucien.

J'ai eu le temps de réfléchir, sur mon lit d'hôpital. J'ai maintenant une idée plus précise sur l'auteur des lettres et des coups de fil anonymes. Si une personne ne m'a jamais porté dans son cœur, c'est bien Hermine, la sœur cadette de Marianne. À quarante ans passés, elle est toujours célibataire. Comme Caroline. Une vieille fille dans une famille catholique, c'est courant. Deux, à l'instar des Pomerol, ça devient suspect. Certes, mon pote Christophe, qui a fêté ses quarante-cinq ans, n'est toujours pas marié, mais c'est un homme, ce n'est pas pareil. Avec son physique et sa profession, il n'a qu'à choisir entre les femmes célibataires ou récemment divorcées qui cherchent à tout prix à se caser.

Hermine a accepté du bout des lèvres de me recevoir entre deux patients. Dans la salle d'attente de son cabinet, une mère visiblement débordée tente d'empêcher son fils de décrocher les rideaux. Une jeune fille vêtue de noir me jette un regard méprisant avant de se replonger dans un magazine féminin dont la fille, en couverture, fait un quart de son poids.

Hermine porte un tailleur-pantalon noir semblable à celui qu'elle arborait au cimetière. Elle a une figure d'enterrement. Vu les futurs névrosés qui patientent dans sa salle d'attente, cela ne m'étonne pas vraiment.

— Alors, il paraît que tu as tenté de te suicider ? La prochaine fois, appelle-moi, je t'indiquerai la dose exacte pour ne pas te louper.

L'ennui, avec Hermine, c'est qu'on ne sait jamais si elle plaisante ou non.

— Un bon petit suicide au lieu d'une condamnation pour meurtre, cela me semblerait une fin plus honorable, poursuit-elle sans sourire.

Je sais maintenant que ce n'est pas de l'humour.

Elle allume une cigarette. Je me demande comment les parents de ses patients supportent d'être reçus dans cette atmosphère enfumée. Personne n'a jamais osé lui faire de réflexion à ce sujet. Hermine est, paraît-il, l'un des meilleurs psychologues pour enfants de la ville. Il faut patienter six mois pour décrocher un premier rendez-vous.

Hermine souffle la fumée vers moi.

— Viens-en au fait, Vincent, il y a du monde derrière toi.

J'avale ma salive. Face à elle, je me sens ridicule comme d'habitude. Le problème d'Hermine, en fait, ce n'est pas son physique. C'est la façon méprisante dont elle parle aux hommes. Marianne m'a confié un jour qu'elle n'avait aucun mal à les attirer mais que tous la quittaient au terme d'une première nuit. J'ai longtemps fantasmé sur ses pratiques sexuelles que j'imagine extrêmes.

Un bruit sourd me fait sursauter.

— Ne t'inquiète pas, mon petit Vincent, s'amuse-t-elle. C'est juste mon rendez-vous de 18 h 45, un gamin hyperactif que tu as peut-être croisé dans la salle d'attente. Il vient de décrocher le rideau. C'est une sorte de rituel, avant la consultation. Bon, dis-moi ce qui te tracasse.

Je préfère attaquer par surprise.

— Le juge d'instruction a reçu deux lettres anonymes m'accusant d'avoir tué Marianne. J'ai pensé que tu pourrais en être l'auteur. Tu es la seule personne qui me déteste vraiment.

— Tu as raison, je te déteste. Mais, je regrette, je n'ai pas eu le temps d'envoyer ces lettres. C'est du boulot, une lettre anonyme, on doit chercher des lettres dans un journal et, comme au Scrabble, on ne tombe jamais sur celles dont on a besoin. Et puis, il faut dégoter une pince à épiler et des gants pour les coller sur la feuille sans laisser d'empreintes… Franchement, mes journées sont trop chargées pour que je m'amuse à ce petit jeu.

— Tu as raison. Des coups de fil anonymes, c'est plus rapide…

Elle me regarde d'un air pensif.

— Quoique… Si j'avais été sûre de faciliter ainsi ton inculpation, j'aurais cherché avec entrain les lettres manquantes dans le journal. La lettre S, par exemple. Il y en a quatre dans assassin.

Je m'efforce de ne pas réagir sous l'insulte. Il faut que je me concentre. Je note qu'elle n'a pas répondu à ma remarque sur les appels téléphoniques.

— Tu ne veux pas savoir ce qu'elles disent, ces lettres que, paraît-il, tu n'as pas écrites ?

— À quoi bon, Vincent ? Comme dit maman, la pauvre Marianne s'était déjà condamnée à une vie minable en t'épousant.

Je claque la porte en sortant. Dans la salle d'attente, la mère du gamin hyperactif s'efforce de remettre le rideau en place.

— Je nous ai préparé une bonne soupe.

Caroline m'accueille en me tendant un verre de vin. L'appartement sent le poireau et la cire d'abeille dont elle a tartiné les meubles. Une tarte aux pommes finit de cuire dans le four. Je n'aime pas le « nous » quasi conjugal de sa phrase. Mais je ne relève pas.

— Comme disait mon pauvre Hubert, une femme dans un foyer, ça vous remonte un homme, intervient ma voisine, venue tenir compagnie à Caroline.

Mme Joubert et ma belle-sœur s'entendent bien. Toutes deux fréquentent les églises et font des mots croisés.

Un appel téléphonique interrompt le dîner. Maître Bodard m'annonce une bonne nouvelle : Saint-Simon et son équipe ont trouvé d'où vient le papier des deux lettres anonymes. Il provient d'un établissement d'enseignement privé réputé. Mon avocat murmure son nom au téléphone, comme s'il s'agissait d'un secret d'État.

Je raccroche, troublé. C'est le lycée où travaille Caroline.

Je me suis trompé de sœur.

9

Lundi 19 novembre 2002

« J'ai entendu les os craquer. C'était affreux. »

Ma secrétaire a déposé le journal local en évidence sur mon bureau. Elle ne gratte pas à la porte, mais je suis sûr qu'elle est derrière, guettant ma réaction.

Florence Aulnois, mon ancienne voisine, doit jubiler. Son interview démarre en une et se poursuit en pages intérieures. Elle pose pour la photo devant mon ancien garage. Elle est vêtue d'une élégante robe bleue, qu'elle portait lors des barbecues que Marianne et moi organisions. L'article est signé « Pierre Quérot ». Sans doute le jeune homme à la moto qui m'a poursuivi après ma garde à vue.

C'est bizarre, je parle de « mon affaire », de « ma garde à vue » et même de « mon juge ». Je personnifie, je m'approprie. Peut-être pour essayer de garder le contrôle sur ce qui m'arrive.

Inquiète de mon silence, ma secrétaire fait crisser ses ongles contre la porte. Elle doit craindre que je ne conserve des somnifères à portée de main. Je glisse le journal dans le tiroir. Lorsqu'elle entre, je fais semblant d'être absorbé par le courrier. D'un ton calme, je lui demande de m'apporter un café.

Je commence à exceller dans l'art de la dissimulation.

Je vais relire à tête reposée cette interview infâme, dans laquelle ma voisine raconte qu'elle m'a vu reculer sciemment, puis descendre pour vérifier l'étendue des dégâts. C'est elle, précise-t-elle, qui a eu la présence d'esprit de prévenir la police. Il faut que j'appelle mon avocat. Je vais la poursuivre pour diffamation, puis je ferai un démenti dans les médias. Contacter Christophe me semble une bonne idée. Je lui donnerai une interview exclusive.

Je vais me battre. Nul ne me traînera ainsi dans la boue.

— Julie a donné de ses nouvelles ! Dieu a entendu nos prières !

Caroline semble avoir bu, mais je ne vois aucun verre traîner sur la table basse du salon. Elle a les yeux qui brillent et ses joues rondes sont presque écarlates. Je n'aime pas le « nos » de ses prières. Un adjectif trop possessif. D'ailleurs, je suis athée.

Elle me débarrasse de mon veston, qu'elle suspend avec précaution sur un cintre, avant de le glisser dans le placard de l'entrée.

Cela fait moins d'une semaine qu'elle s'est installée chez moi et, déjà, notre cohabitation est rythmée d'habitudes. Elle part plus tôt que moi, le matin, mais me laisse toujours du café chaud et des tartines toastées. Lorsque je rentre le soir, le dîner est prêt. Comme Marianne, Caroline est une excellente cuisinière, car

Marie-Astrid leur a fait donner des cours de cuisine lorsqu'elles étaient adolescentes. Elle me tend un verre de vin, exactement une minute après que j'ai retiré mes chaussures de ville. Si je suis si précis, c'est que j'ai chronométré.

Parfois, je voudrais lui dire que ce n'est pas comme ça qu'il faut qu'elle s'y prenne, pour remplacer sa sœur. Ses ruses féminines sont grossières et désuètes. J'ai l'impression de voir mon ex-belle-mère, ce qui tue tout érotisme. D'ailleurs, rien n'est sexy, chez Caroline. Comme Marianne, elle porte des sous-vêtements en coton, et je la soupçonne de les oublier sciemment dans la salle de bains. Le problème, c'est qu'ils sont plus larges que ceux de sa sœur. Je déteste la façon dont elle s'habille, cet uniforme convenu de bleu marine et de blanc. Sa seule fantaisie, ce sont ses chaussures à talons. Elle en a une impressionnante collection. Je n'ose pas lui dire que se hausser de six centimètres déséquilibre la silhouette, lorsqu'on est petite et potelée.

Je retiens ma respiration quand elle passe près de moi. Elle sent le shampoing à la camomille, le savon de Marseille et le talc. Elle est contre les déodorants, qui, assure-t-elle, peuvent provoquer des cancers du sein. Marianne portait certes des culottes en coton, mais elle se parfumait avec *Poison*, de Dior. Un mélange détonant qui m'excitait.

Je me déchausse, en silence. Tous ces rebondissements m'épuisent. Quarante-trois secondes plus tard, Caroline me tend un verre de vin. Ce soir, elle est en avance. Elle lève le sien et l'avale cul sec. Je détaille son visage couperosé, ses petits yeux brillants. Elle s'assoit sans grâce sur le canapé, dévoilant ses genoux trop ronds. L'ivresse enlaidit toujours les femmes peu gâtées par la nature.

— Julie s'est réfugiée chez l'un de ses anciens professeurs, m'explique-t-elle.

— Le type divorcé qui a trente ans de plus qu'elle ? Je n'ai pas de bol. Ma femme m'a quitté pour un jeunot et ma fille disparaît pour rejoindre un homme plus âgé que moi.

— Il lui a sûrement apporté un soutien moral.

— J'imagine qu'il a trouvé d'autres moyens de la consoler.

Caroline tord le nez. Je ne sais pas pourquoi j'ai envie de salir Julie et ses vingt ans couchés auprès du corps flétri d'un homme trop vieux pour elle. Peut-être parce que j'ai mal. Ce n'est pas moi qu'elle a prévenu.

— Elle avait besoin de parler à une personne mûre, après le décès de sa mère, reprend Caroline.

C'est une manie, chez elle, de défendre les faibles, les veuves et les orphelins. Cela tombe bien, Julie fait désormais partie de cette dernière catégorie.

— Elle a téléphoné à maman, pour la rassurer. Elle rentre dans deux jours.

Elle hésite, pose sa main sur mon bras, puis ajoute :

— Elle a précisé qu'elle ne voulait pas te voir. Je suis désolée, Vincent. Il faut lui laisser du temps.

J'ai fermé ma chambre à clé avant de me coucher. Parce que, si j'ai envie de me suicider, je souhaite que personne ne me dérange. Et je ne suis pas loin d'avaler des somnifères. Je voudrais revoir Julie, lui parler, lui expliquer que c'était un accident, et que moi aussi, je pleure tous les jours la mort de sa mère. Que chaque matin la culpabilité me tombe dessus, dès que j'ouvre les yeux, et me ronge dans la journée. Elle cesse de me broyer lorsque le sommeil vient enfin, aux petites heures du jour.

— Vincent, tout va bien ?

Caroline gratte à ma porte, à la manière de ma secrétaire. Je ne sais pas comment réagir. Si je ne réponds pas, elle risque d'appeler les pompiers ou de défoncer la porte, et dans le cas contraire, elle va me proposer de discuter avec elle. Durant cinq ans, elle a été secrètement amoureuse de son psy, un tranquille père de famille doté de cinq enfants dont des jumeaux. Elle a cessé de le consulter lorsqu'elle a compris qu'il ne quitterait jamais sa femme. Elle prend toujours des antidépresseurs, mais reste convaincue des vertus du dialogue.

Je me contente de grogner : « Tout va bien, je dors. »

J'entends un ultime grattement, puis, plus rien. Demain, je trouverai la force de la virer de chez moi.

Le café est encore chaud. Caroline est sortie tôt ce matin pour m'acheter deux croissants, qu'elle a disposés avec soin sur une assiette. De loin, ils semblent s'accoupler.

Je n'ai pas vraiment dormi cette nuit mais j'ai beaucoup réfléchi. Je ne vais pas la virer de mon appartement, car, si c'est elle qui a envoyé les deux lettres anonymes, je préfère qu'elle reste pour pouvoir la confondre. Ensuite, parce que, depuis le divorce, je ne me suis jamais vraiment habitué à vivre seul.

Je n'ai pas cherché à lutter avec Pierre-Emmanuel pour reconquérir Marianne. Les scènes de ménage me fatiguent. Je n'allais pas m'abaisser à jouer les maris outragés. Et puis, comment lutter contre une carrure d'athlète, un mètre quatre-vingts de muscles et un pénis de jeune homme, que je supposais fringant ? Je me suis incliné. Pour être honnête, je me félicitais plutôt de ce coup de pouce du destin. J'avais envie de quitter Marianne depuis plusieurs années. Mon aventure avec une étudiante, la préparation du CAPES, tout cela n'était que des dérivatifs, des prétextes pour ignorer qu'entre Marianne et moi c'était fini depuis longtemps. Les statistiques étaient formelles. Vu le nombre croissant de célibataires et de divorcées en manque d'affection, j'avais toutes les chances de multiplier les rencontres.

J'ignorais, à cette époque, que les femmes étaient si compliquées.

La première que je rencontrai, au cours d'une soirée où Christophe m'avait entraîné, avait de longues jambes et un pull agressivement échancré. Lorsque je me retrouvai en tête à tête avec elle au restaurant, elle ne parla que de son ex-mari. Pour l'oublier, elle suivait une psychothérapie de groupe durant laquelle on poussait des cris primaux, qui, me confia-t-elle, lui procuraient un réel bien-être. Elle voulait bien qu'on soit amis, pour l'instant. L'ennui, c'est que j'avais seulement envie de la sauter. Nous n'avions pas les mêmes priorités.

Je connus la deuxième grâce à un site de rencontres. Elle était plutôt enrobée, mais, après quelques verres de vin avalés cul sec, j'étais prêt à m'en contenter. Occupé à admirer la naissance de ses seins, qu'un généreux décolleté laissait entrevoir, je l'écoutais d'une oreille distraite me conter ses démêlés avec ses trois enfants, âgés de douze à quinze ans. Je la suivis jusque chez elle, mais déclinai son invitation à boire un dernier verre en découvrant sa progéniture, vautrée devant la télévision à deux heures du matin. Je n'avais pas l'ambition d'être un père de substitution.

La troisième, une fonctionnaire célibataire, me proposa de me présenter sans délai à ses parents, avec qui elle passait ses vacances. Je déclinai poliment l'invitation.

Ce fut avec la quatrième que j'arrivai enfin à conclure. Une adepte des sports fitness qui, à l'issue de nos ébats, me laissa courbaturé. Elle murmura, d'un air déçu, qu'elle préférait en rester là avant de m'indiquer la porte de la salle de bains.

Aux premiers temps de ma séparation, je m'étais réfugié chez Lucien. À sa demande, Christine avait accepté sans enthousiasme que je dorme dans la chambre d'ami. Mais elle avait l'ouïe trop fine. Un mois plus tard, lasse de m'entendre rentrer tard, et craignant que ma vie de célibataire ne donne des idées à son époux, elle prétexta la venue de ses parents pour me prier de décamper.

Christophe accepta alors de m'héberger. Il habitait un duplex donnant sur le fleuve, dont l'atmosphère, la nuit, évoquait celle des appartements new-yorkais chers à Woody Allen. Depuis qu'il avait été promu rédacteur en chef de sa radio, son train de vie avait changé. Une épaisse moquette couvrait le séjour et les deux chambres, les robinets de la salle de bains étaient élégamment alambiqués. Un canapé circulaire entourait la télévision dotée d'un monstrueux écran plat. Les enceintes de sa chaîne hi-fi, deux gigantesques colonnes noires, encadraient la baie vitrée qui donnait sur une terrasse. Sa bibliothèque en bois rare regorgeait de livres envoyés par des attachées de presse, qu'il n'avait jamais ouverts. Dans la cuisine, une douzaine d'appareils électroménagers, dont quatre shakers en forme de phallus, étaient alignés sur la table bar. Sa cave à vins recelait des millésimes surveillés de près par un régulateur de température électronique. Des tapisseries à la literie, tout sentait le neuf, presque le carton d'emballage. Certains matins, je me réveillais avec l'impression d'avoir dormi dans un magasin de meubles.

J'occupais la chambre d'ami jouxtant celle de Christophe. Pour que je sois à mon aise, il l'avait débarrassée de ses appareils de musculation, qu'il entreposait désormais dans l'un des deux dressings. Tous les matins, il s'y enfermait pour faire une heure de gymnastique. Il ponctuait ces séances de jurons. Faute de place pour soulever ses haltères, il se cognait souvent contre les murs.

Christophe se vantait d'avoir eu cet appartement pour un prix raisonnable, c'est-à-dire qu'il était hors de prix pour le commun des mortels. Mais, à mon avis, il s'était fait avoir par l'entrepreneur, qui avait économisé sur la qualité des matériaux et donc négligé l'isolation phonique. Je le constatais chaque fois que Christophe ramenait chez lui une compagne pour la nuit. Il n'était pas sectaire, peu importait la couleur des cheveux ou la taille de ses maîtresses. L'essentiel était qu'elles soient consentantes et un peu maternelles. Se glisser dans leur touffeur moite et y rester le plus longtemps possible lui permettait d'oublier, le temps d'un coït, le bruit et la fureur du monde. Il fuyait ainsi ses responsabilités professionnelles et sa peur, vertigineuse, d'être remplacé à son poste par un collègue plus rusé ou plus jeune que lui.

Le lundi, il y avait Christine, une apprentie coiffeuse et une vraie rousse, qui oubliait régulièrement de débarrasser la baignoire de ses poils. Le mardi, c'était le tour d'Emma, une accorte infirmière martiniquaise. Le mercredi, la blonde Rachel, dynamique cadre commercial, lui succédait, lorsqu'elle n'était pas en déplacement à l'étranger. Le jeudi, Christophe faisait ce qu'il appelait un débriefing avec une de ses trois assistantes – j'ignore si elles avaient un planning. Le vendredi et le samedi étaient réservés aux aventures d'un soir ou aux retours de flamme – dont une journaliste brune qui tentait depuis dix ans de se faire épouser.

Il ne recevait personne le dimanche. C'était notre soirée. Munis de paquets de chips et de canettes de bière, nous regardions le résumé des matchs de foot dominicaux sur son immense écran plat. C'était aussi bien qu'au stade, mais beaucoup plus confortable.

Après des années de monotonie maritale, je trouvais fort distrayantes les allées et venues des copines de Christophe, nos bavardages à trois sur le canapé circulaire et l'agréable sensation de vivre une vie un peu bohème que je n'avais jamais connue.

Au début, je supportais sans mal la promiscuité sonore entre nos deux chambres. Pour m'occuper avant de m'endormir, j'établissais une sorte de classement : c'était l'infirmière qui parvenait le plus vite à l'orgasme. Christine, l'apprentie coiffeuse, était la plus bruyante. Quant à la blonde Rachel, elle ne parvenait à jouir que lorsque Christophe la traitait de salope. J'avais une tendresse toute particulière pour la plus jeune de ses assistantes. Lors des préliminaires, on la sentait concentrée et soucieuse de plaire à son chef. Christophe lui donnait à haute voix des indications très précises sur ce qu'il attendait d'elle.

Mais, très vite, les activités nocturnes de Christophe eurent des effets néfastes sur ma constitution délicate. Comme Napoléon, Christophe ne dormait que cinq heures par nuit. Moi, depuis l'enfance, j'avais besoin de mes huit heures de sommeil. Non seulement les gémissements m'empêchaient de dormir, mais leur souvenir me laissait éveillé jusqu'à une heure tardive, même après un rapide séjour sous la douche pour parer au plus pressé. Je ne comptais plus les matins où je partais travailler à la fois épuisé et frustré. Pourtant, au travail, il me fallait donner le change.

J'avais préféré cacher à mes collègues le fiasco de ma vie maritale. Par orgueil, sans doute, mais également pour éviter toute marque excessive de sympathie. Parmi les femmes qui travaillaient dans l'association, la moitié étaient célibataires. Le lundi matin, devant la machine à café, leur conversation tournait autour des occasions manquées et des espoirs déçus qui avaient émaillé le week-end. Toutes étaient en quête du prince charmant et la plupart étaient tenaces. Dès le mardi matin, elles repartaient à l'attaque, consultant leur carnet d'adresses et prévoyant déjà des sorties pour le week-end prochain. Certaines n'étaient pas trop mal physiquement. Passer une nuit avec l'une d'entre elles ne m'aurait pas déplu, juste pour prouver à Christophe que j'étais moi aussi capable de ramener quelqu'un à l'occasion. Le problème, c'est qu'elles avaient toutes plus de trente ans et ne rêvaient que de couple et d'enfants. Le genre d'espoir qui me faisait fuir. J'avais déjà donné.

Un dimanche soir, je rentrai, anéanti, d'une visite chez mes parents. En fils bien élevé, je persistais à aller déjeuner chez eux une fois par mois. Dès que j'arrivais, ma mère me reprochait de ne pas être venu avec Marianne et les enfants. Avec précaution, je lui avais annoncé que nous nous étions séparés, mais, abrutie par les calmants, elle n'avait toujours pas enregistré cette information. Plus sec que jamais, mon père ne manquait pas de me rappeler, avant le dessert, que, lorsqu'on avait la chance d'avoir épousé une femme comme Marianne, on se battait pour la garder. Je lui rétorquais invariablement qu'il n'y connaissait rien en affrontement, militaire ou marital. Il avait évité la guerre d'Algérie en se faisant opportunément réformer. Quant à ma mère, elle lui était fidèle depuis plus de quarante ans, ce qui expliquait peut-être son état psychologique. Retranché dans ses convictions, mon père haussait les épaules et m'indiquait qu'il était temps pour moi de prendre congé.

Ce soir-là, je regagnai l'appartement de Christophe en pensant avec plaisir à notre soirée foot entre hommes devant l'écran géant.

La télévision n'était pas allumée mais les enceintes diffusaient du jazz. Christophe était affalé au centre du canapé circulaire. Il n'était pas seul. La journaliste brune qui rêvait de l'épouser se tenait devant l'écran noir. Elle était en train de faire un strip-tease.

Christophe n'avait jamais pu résister aux dentelles d'un string noir, et sa collègue en portait un, il faut en convenir, de façon magistrale. Lorsque j'entrai dans la pièce, c'était le seul vêtement qui lui restait sur le corps. Ils s'éclipsèrent alors dans la chambre. J'allumai la télévision, décapsulai une canette de bière et ouvris un paquet de chips saveur bacon, mes préférées. Je haussai le son pour me concentrer sur les commentaires du journaliste sportif en essayant de faire abstraction des cris féminins qui provenaient par intermittence de la chambre de Christophe. Ils firent l'amour toute la nuit. J'admire encore aujourd'hui la résistance de mon ami.

Au petit matin, je partis, mal réveillé, au travail. Je craquai lorsqu'un de mes étudiants me demanda pour la troisième fois la différence entre les verbes *like* et *love*. J'avais passé une demi-heure à la lui expliquer. Je prétextai une quinte de toux pour sortir de la classe, me précipitai aux toilettes pour m'asperger la figure d'eau. Lorsque je croisai mon regard cerné dans le miroir, je sus qu'il était temps pour moi de quitter le domicile de Christophe.

Je trouvai un petit appartement, à un quart d'heure à pied de mon boulot. J'avais laissé tous les meubles à Marianne. Je n'imaginais pas récupérer les fauteuils et le lit dans lequel Pierre-Emmanuel se vautrait à ma place. J'achetai à crédit une télévision, un canapé-lit, et une table et trois chaises dans un dépôt-vente. Je meublai l'unique chambre de lits superposés et d'un placard, au cas où les enfants viendraient passer un week-end. Depuis que j'avais quitté la maison, nos rencontres hebdomadaires se bornaient à de sinistres déjeuners dans des fast-foods. Thomas répondait par monosyllabes à mes questions et Julie observait un mutisme total. La séance de cinéma qui suivait les délivrait de mes maladroites tentatives de communication.

Julie surprit tout le monde lorsque, au moment du divorce, elle annonça qu'elle souhaitait vivre avec moi. Marianne tordit le nez sans mot dire. Chez les Pomerol, on ne lavait jamais son linge sale en public, même dans le bureau confiné d'un juge aux affaires familiales. Mais, dès que nous nous retrouvâmes seuls, elle m'accusa de vouloir garder Julie pour me venger et déchirer son cœur de mère. Je lui répondis qu'elle n'avait qu'à réfléchir à deux fois à ses sentiments maternels avant de s'envoyer en l'air avec Pierre-Emmanuel sous le toit familial.

Thomas, qui était majeur et donc libre de vivre où bon lui semblait, opta pour la continuité : ses bouquins de droit étaient classés avec soin chez sa mère, et ses précieuses maquettes étaient trop fragiles pour être entreposées dans un appartement étroit. Il était donc hors de question qu'il déménage.

J'accueillis avec joie la décision du juge de me confier Julie durant la semaine. Mais je n'avais pas mesuré la difficulté d'élever seul une adolescente. Pendant que je donnais des cours du soir à des illettrés, Julie passait son temps à téléphoner à ses copines ou à traîner dans les centres commerciaux à la recherche de l'indispensable « top » à afficher en cours de gym.

Trois mois plus tard, lorsqu'elle reçut le bulletin scolaire catastrophique de Julie, Marianne déploya l'artillerie lourde : elle fit appel à un ami de son père, psychiatre assermenté auprès du tribunal. Après un entretien avec Julie, il déclara qu'il était temps que cette adolescente perturbée retrouve des limites et des repères, ce que, manifestement, j'étais incapable de lui apporter.

À ma décharge, je dois avouer qu'après six heures de cours donnés à des cas sociaux j'aspirais seulement, une fois rentré chez moi, à oublier mon quotidien, avachi devant la télévision. Dès que je m'opposais à elle, Julie invoquait en larmes le divorce qui avait, selon elle, brisé sa vie, puis me claquait la porte de sa chambre au nez. Si j'insistais, elle frôlait l'hystérie et sa voix partait dans les aigus. Au point que, un soir, un voisin alarmé appela la police. Pour avoir la paix, je cédai donc à ses caprices. J'acceptai son alimentation anarchique – à une frénésie de pizzas succédait sans transition une cure de fromage à 0 % – et supportai sans broncher les décibels agressifs que déversait continuellement sa chaîne stéréo. Je préférais la croire lorsqu'elle me jurait être restée à la maison tout l'après-midi pour réviser ses maths et je faisais semblant de ne pas voir que, à minuit passé, elle continuait à envoyer des textos à ses copines. J'en arrivais à me sentir soulagé lorsque, tous les quinze jours, je la laissais chez sa mère pour qu'elle y passe le week-end.

Je ne protestai donc que mollement lorsque le juge, saisi par l'avocat de Marianne, ordonna que Julie retourne vivre avec sa mère.

Elle ne me pardonna jamais ce qu'elle considéra de ma part comme une reddition.

Julie est rentrée depuis deux jours. En ce début d'après-midi, elle est assise dans le bureau du juge d'instruction.

Maître Bodard me semble un peu nerveux. C'est peut-être Julie qui l'impressionne, par la grâce et l'insolence de ses vingt ans. Je dois avouer que je suis fier de la beauté de ma fille. C'est un mystère – et un miracle – de la génétique : elle mesure presque un mètre quatre-vingts et n'a hérité d'aucun de mes traits disgracieux. Elle ressemble de plus en plus à sa mère, en plus jolie et plus élancée. Je ne veux pas penser à Marianne. Depuis sa mort, je m'efforce d'oublier la séduction de son sourire.

Je découvre que B. Lamotte-Choisy peut, lorsqu'elle le souhaite, se montrer d'une douceur surprenante.

— Je sais que cette confrontation est douloureuse, Julie, mais elle est indispensable pour connaître la vérité, dit-elle.

À mon côté, maître Bodard se tortille comme s'il avait un caillou dans sa chaussure. Pour ma part, je me perds en conjectures en entendant la voix maternelle du juge. J'ignore si, obsédée par sa quête de justice, elle a eu le temps de se reproduire. Elle a passé la quarantaine, l'âge hormonal des ultimes regrets. Mais peut-être veut-elle seulement mettre Julie en confiance, l'amener à lui dire ce qu'elle désire entendre.

La greffière dresse sa tête de musaraigne, le doigt levé en attente de se poser sur le clavier. Elle a l'air gourmand d'un amateur de théâtre juste avant le lever du rideau.

— La greffière va vous lire la déposition de votre fille, monsieur Verdun, annonce le juge.

Maître Bodard fait craquer ses doigts un à un. J'ai envie de lui hurler d'arrêter. La musaraigne prend sa respiration, à la manière d'une diva se préparant à un contre-*ut* périlleux.

— *« Je devais aller chercher des cours chez une amie, pour préparer un contrôle. Je suis montée dans le 4 × 4. Mon père a attaché sa ceinture. Maman et Pierre-Emmanuel étaient devant la porte du garage. Il la tenait dans ses bras. Mon père les a regardés dans le rétroviseur. Je lui ai dit d'arrêter de les mater et de démarrer. Mais il m'a répondu qu'il avait quelque chose à dire à maman et il est redescendu. J'étais énervée, parce que ma copine m'attendait. Je lui ai envoyé un texto pour l'informer de mon retard, puis je suis descendue à mon tour de la voiture. À ce moment, un copain m'a appelée. Je suis rentrée par le garage tout en lui répondant. J'ai poursuivi la conversation dans la cuisine. Quand j'ai raccroché, j'ai entendu des éclats de voix, celles de mon père et de ma mère. J'ai préféré brancher mon baladeur et mettre mes écouteurs. Cinq minutes plus tard, environ, j'ai reçu un texto de ma copine qui me prévenait qu'on s'était trompées de jour pour le contrôle. Je suis revenue dans le garage pour prévenir mon père que je n'avais plus besoin d'aller chez elle. Après, je suis montée dans ma chambre. J'ai mis un CD et j'ai travaillé à mon bureau. »*

La greffière marque un temps d'arrêt. Ses joues sont un peu rouges. Elle poursuit sa lecture :

— *« J'ai perçu comme une sorte de choc sourd, parce que ma chambre donne sur l'arrière, comme le garage. Non, je ne me souviens pas d'avoir entendu des cris. J'avais mis la musique à fond. J'ai voulu regarder par la fenêtre, mais les volets étaient fermés. J'ai perdu un peu de temps à essayer de les ouvrir. Ils se coincent parfois. Pierre-Emmanuel dit qu'il va les réparer, mais c'est un vrai gosse, on ne peut pas lui faire confiance, il remet toujours tout à plus tard. Je suis descendue au rez-de-chaussée et je me suis dirigée vers le garage. Je me suis approchée de la porte et j'ai vu du sang qui avait giclé jusqu'à l'intérieur. J'ai fait quelques pas, et j'ai aperçu maman qui gisait dans une mare de sang. Elle ne bougeait plus. J'ai reculé. Après, je ne sais plus...* »

— On vous a retrouvée en état de choc près de la maquette d'avion, lui rappelle la juge d'une voix douce.

Elle plonge son regard dans celui de ma fille, avant de poursuivre :

— Julie, vous avez porté de graves accusations à l'encontre de votre père. Vous avez déclaré qu'il avait observé un moment votre mère et son compagnon dans le rétroviseur. D'un regard haineux, je vous cite. Il semblait nerveux lorsqu'il est redescendu de voiture et avait un ton très agressif, presque menaçant, quand il s'est disputé avec votre mère dans le garage.

— C'est exact, répond calmement Julie. Je suis sûre que ce n'est pas un accident. Il a délibérément foncé sur maman.

Je me tasse sur ma chaise, tout en la regardant. Elle ne m'offre que son profil de princesse, refusant de se tourner vers moi.

Je me demande ce qu'est devenue la petite fille que j'ai tant gâtée. Je n'avais pas été enthousiasmé par la naissance de Thomas, survenue trop tôt, alors que je n'étais pas certain de mes sentiments envers Marianne. Celle de Julie m'avait également pris au dépourvu, au moment même où je comptais la quitter. Et puis il y avait eu un petit miracle. Sentant intuitivement que son frère m'exaspérait, Julie avait entrepris de me séduire. J'étais rapidement tombé sous son charme, au point de considérer que c'était grâce à elle que sa mère et moi étions restés ensemble.

Rien n'était jamais assez beau pour Julie : de somptueux anniversaires où, déguisé en clown, j'accueillais toute sa classe à la maison, de coûteux cours de danse et de piano. À l'adolescence, j'investis dans l'orthodontie, pour qu'elle ait un sourire éclatant. Elle alla voir une psychologue, une amie de sa tante Hermine, afin d'être mieux dans sa peau.

Julie fréquenta un collège privé, bien au-delà de mes modestes moyens de professeur. Marianne et moi, nous n'allions plus au cinéma ni au restaurant pour pouvoir payer les frais de scolarité. Puis il y eut les cours de soutien en maths, les bains linguistiques de trois semaines en Angleterre et la conduite accompagnée.

Lorsqu'elle obtint son bac – à l'issue d'une année scolaire mélodramatique, ponctuée d'une fugue de vingt-quatre heures chez sa grand-mère maternelle, d'un début d'anorexie et de pas mal de crises de nerfs –, je négociai un crédit pour lui acheter une voiture. Je dormais toujours sur le canapé dans le séjour et entretenais comme un sanctuaire l'ancienne chambre de Julie, où son frère et elle passaient la nuit un week-end sur deux. J'avais acheté un lecteur de DVD et un ordinateur pour qu'ils se sentent comme chez eux dans mon petit appartement.

Bien qu'ils fussent désormais majeurs, Marianne insistait pour qu'ils continuent à me voir. J'ignore encore si c'était par routine qu'elle suivait les consignes désormais caduques du jugement de divorce ou parce qu'elle appréciait ces week-ends où elle se retrouvait en tête à tête avec Pierre-Emmanuel.

Tous les quinze jours, j'ingurgitais donc en leur compagnie des cheeseburgers trop caloriques et des pizzas décongelées, tout en regardant avec eux une vidéo. Des pizzas et d'insipides films américains, c'était finalement tout ce que nous partagions. Dès la fin du film, ils filaient dans leur chambre pour papoter avec leurs copains sur leur messagerie électronique. Lorsque, le dimanche soir, je les reconduisais chez leur mère, ils insistaient pour que je mette la radio à fond. Le rap m'écorchait les oreilles mais je feignais d'apprécier, allant jusqu'à tapoter le volant en rythme et fredonner le refrain. À peine arrivés, ils se précipitaient vers la maison. Bien souvent, ils oubliaient de me dire au revoir.

— Maintenez-vous votre déposition, Julie ? demande B. Lamotte-Choisy.

La greffière à tête de musaraigne adresse un regard interrogateur à ma fille, comme si sa propre vie dépendait de ses déclarations. Le front têtu, Julie confirme, sans m'adresser un regard.

Maître Bodard saute sur ses pieds, la mèche blonde en bataille.

— Je n'admets pas qu'on traite mon client d'assassin parce qu'il a regardé trop longtemps son ex-femme dans un rétroviseur.

Je lui fais signe de se rasseoir. Je préfère m'adresser directement à Julie. Je me moque de ce que pense B. Lamotte-Choisy et de l'incompétence de mon avocat. Ce qui est primordial, c'est que Julie sache que je n'ai pas voulu la mort de sa mère. Je l'implore presque.

— Regarde-moi, Julie. Je n'ai pas voulu tuer ta mère. Te rends-tu compte que je risque d'aller en prison à cause de tes allégations ?

— Et alors, c'est quoi, quelques années en taule ? La mort de maman, c'est pour toujours. T'as jamais digéré qu'elle te foute à la porte.

— Je te rappelle que c'est moi qui ai décidé de quitter la maison pour éviter des scènes et vous épargner, Thomas et toi.

Impassible, B. Lamotte-Choisy assiste à notre échange.

— T'avais qu'à le virer, Pierre-Emmanuel, crache Julie. Reprendre ta place. Mais t'es qu'une chiffe molle. Tu n'as même pas protesté quand le juge a ordonné que je retourne chez maman. En fait, ça t'arrangeait plutôt.

Sa voix grimpe dans les aigus, signe chez elle d'un grand désordre intérieur. J'ai envie de la serrer dans mes bras, de la consoler de cet immense chagrin. Elle n'est finalement encore qu'une enfant.

— Pourquoi es-tu partie sans prévenir ? Je me suis beaucoup inquiété.

— Ah bon ? J'aurais cru que tu te souciais seulement de la croissance de ta précieuse entreprise.

Nous y voilà. Julie me fait une crise de jalousie.

— Je travaille pour que tu puisses avoir une vie plus facile que la mienne, Julie.

— En attendant, heureusement qu'il y a grand-mère pour payer mon école de stylisme.

— Laisse ta grand-mère en dehors de cela. Mon entreprise dégagera bientôt suffisamment de bénéfices pour que je puisse la rembourser. Je pourrai même t'offrir ton propre atelier de création.

— Peut-être, mais, pour l'instant, c'est grâce à elle que je peux exprimer tout mon talent.

Marianne et moi avons peut-être forcé la dose, côté psychothérapie. Après avoir longtemps douté d'elle, Julie a maintenant l'ego surdimensionné. Je tente de l'amadouer.

— Maintenant que tu es revenue, tu peux, si tu le veux, venir habiter avec moi. J'en serai ravi.

Visiblement, je n'ai pas choisi la bonne option, car Julie explose.

— Et partager ton appartement avec Caroline ? Tu comptes les essayer toutes, les sœurs Pomerol ? Grand-mère est scandalisée.

Je m'efforce de garder mon calme, mais ma main me démange. Une bonne gifle calmerait cette foutue gamine. Elle ne l'aurait pas volée.

— Caroline est venue me soutenir. J'allais trop mal depuis ta disparition. J'ai même fait une tentative de suicide.

— Vraiment ?

Julie paraît flattée. Mais son nez se pince tout à coup. Je la connais assez pour savoir que cette mimique annonce chez elle une crise de nerfs imminente. Moins d'une seconde plus tard, elle éclate en sanglots.

— Je suis partie pour oublier, bafouille-t-elle. Maman gisait dans tout ce sang. Et je n'ai même pas été capable d'appeler les secours.

— Moi non plus, tu sais.

— C'est bien ce qui me désespère, te ressembler.

Je laisse glisser l'insulte.

— Il ne faut pas que tu te culpabilises, Julie. C'était un tragique accident. Je te le jure, je ne voulais pas tuer ta mère.

Je lui tends la main. Elle refuse de la prendre.

Je rentre chez moi, à pied, sous une pluie battante. Il est encore tôt mais je n'ai pas le courage de me rendre au bureau. Le voyant du répondeur ne clignote pas. Depuis que Caroline s'est installée dans l'appartement, mon interlocutrice anonyme a cessé de laisser des messages. Il n'y a pas, non plus, d'appels amicaux. Après le divorce, beaucoup de nos relations communes ont cessé de me fréquenter. Les couples, surtout, comme s'ils avaient peur d'être contaminés par notre désastre conjugal. Depuis la mort de Marianne, c'est carrément le désert.

Le téléphone sonne. Je me précipite. Il est 14 heures. L'heure à laquelle le répondeur a enregistré les trois appels anonymes. Je décroche, j'entends un souffle mais personne ne parle. Je n'ai même pas le temps d'ouvrir la bouche. Mon interlocuteur a raccroché.

10

Mardi 20 novembre 2002

J'ai trouvé un rat mort devant la porte de mon appartement. Un habitant de la résidence a pris très au sérieux les accusations de mon ancienne voisine, rapportées dans le journal d'hier. Je parierais pour la veuve du colonel, elle n'est pas du style à se laisser intimider par ce genre de bestiole. Caroline, en revanche, a poussé un cri aigu lorsque je suis entré en tenant le rongeur par la queue. Elle a lâché le verre de vin qu'elle s'apprêtait à me tendre et a grimpé sur le canapé. Elle n'a consenti à en descendre qu'après avoir eu la certitude que j'avais déposé le petit cadavre au fond de la poubelle collective.

— Au fait, Thomas a téléphoné pour dire que Pierre-Emmanuel était sorti du coma, m'informe-t-elle, alors que nous passons à table.

— Et c'est maintenant que tu me le dis !

— Je suis désolée. La présence de ce rat crevé m'a beaucoup perturbée.

Elle a déjà passé une heure à s'excuser d'avoir taché la moquette de vin. Je m'empresse de la rassurer.

— Ce n'est pas grave. Je suis très heureux qu'il aille mieux.

— Tu vois, tout va finir par s'arranger.

Elle me tend la main, radieuse. Je la prends distraitement et la garde un moment dans la mienne. Elle tousse discrètement, pour me signifier qu'il est temps que je la lâche, si je ne veux pas manger froid. Lorsqu'elle se lève, je m'aperçois enfin que ses joues sont rouges et qu'elle paraît troublée. Je n'aurais pas dû garder sa main si longtemps dans la mienne. Il faut que je fasse attention, j'ai affaire à une vieille fille au romantisme exacerbé, sans doute auteur de lettres anonymes et, si ça se trouve, encore vierge.

Elle semble s'être reprise lorsqu'elle revient de la cuisine en portant un plat qui sort du four. Je la complimente pour l'excellence de son rôti. Elle rosit, cette fois. Un vrai caméléon.

— Que t'a dit Thomas, plus précisément ?

J'ai posé cette question d'un ton volontairement dégagé, le même que celui que je viens d'employer pour la complimenter sur sa cuisine.

Caroline a l'air godiche, mais je garde à l'esprit qu'elle joue peut-être un double jeu. J'ignore encore si elle veut venger la mort de Marianne ou juste la remplacer dans mon lit.

— Les médecins lui ont annoncé que Pierre-Emmanuel ne garderait pas de séquelles neurologiques sérieuses, mis à part des troubles de la mémoire. Il est incapable de se souvenir de ce qui s'est passé le jour du drame.

Caroline me sourit, mais son regard est inquisiteur. Je me borne à dire que c'est formidable.

J'espère qu'il va vite recouvrer la mémoire. C'est le seul témoin qui puisse confirmer que je suis revenu sur mes pas pour entreposer la maquette d'avion dans le garage, et non pour me disputer avec Marianne. J'en suis à souhaiter qu'il se rétablisse. Ce qui est, je l'avoue, un peu paradoxal. Après mon éviction du lit conjugal, j'ai tant de fois souhaité la mort de mon rival.

La haine, c'est comme tout, il faut l'entretenir pour qu'elle perdure. Entre le moment où je suis parti de la maison et le jugement du divorce, je rêvais au moins deux fois par semaine que Pierre-Emmanuel mourait. Dans mes songes, il tombait d'une falaise, entrait dans l'une des tours jumelles de New York, le 11 septembre, se faisait écraser par un bus ou dépecer par un chien. J'ignore si l'homme rêve en couleurs ou en noir et blanc, mais mes rêves à moi étaient sanguinolents. Leur fréquence a progressivement diminué à partir du moment où j'ai commencé à fréquenter d'autres filles. Ils se sont faits plus rares lorsque je suis tombé amoureux.

Je ne croyais pas que cela m'arriverait un jour. Le coup de foudre. La gorge sèche, la respiration qui se noie et la sensation d'être aussi stupide qu'un adolescent. L'impression insupportable de ne pas pouvoir survivre à une séparation de quelques heures. Je n'étais pas tombé amoureux de Marianne, elle s'était glissée dans ma vie et s'y était rendue indispensable. C'était mon bas-ventre qui avait commandé mes quelques aventures extraconjugales. Cette fusion rare du corps et de l'esprit, je ne l'avais jamais éprouvée.

Je rencontrai Éliane un dimanche, en allant au marché biologique. Cela faisait un mois que Julie était repartie vivre chez sa mère. Mon appartement silencieux me donnait le cafard. Pour compenser ma solitude, je passais mes soirées devant la télévision, avec pour seule compagnie des canettes de bière et des paquets de chips. Quelques semaines plus tard, je ne rentrais plus dans mes pantalons. Je déclinai l'offre généreuse de Christophe d'aller avec lui dans une salle de sport. Je n'aurais pas supporté la comparaison physique. Lucien proposa qu'on se mette au jogging, mais il courait si lentement que je devais m'arrêter tous les dix mètres pour qu'il me rejoigne.

Je décidai donc de commencer par bannir la bière et manger plus sainement. C'est ainsi que, un dimanche matin, je me rendis au marché biologique. Éliane tenait un stand de fruits et légumes et nous sympathisâmes. Mon inexpérience culinaire la faisait rire et elle me donnait des conseils de préparation.

Ce n'était pas une beauté. Elle était plus grande que moi, trop maigre et coiffée à la diable, vêtue sans recherche d'un jean et d'une chemise d'homme. Les traits de son visage étaient irréguliers et son nez un peu long. Mais elle avait de superbes yeux verts, perdus sous une frange mal taillée, qui me rappelaient ceux de Debbie, mon amoureuse anglaise. Ce furent surtout son sourire et son rire tonitruant qui me séduisirent. Une véritable bouffée d'oxygène dans ma vie asphyxiée.

J'attendis deux mois avant d'oser lui demander si elle voulait partager avec moi une tarte à la citrouille. Trois week-ends de suite, je m'y étais exercé, suivant la recette qu'elle m'avait indiquée. Elle accepta sans façon de venir déjeuner chez moi après le marché. Pour la première fois depuis très longtemps, je passais un dimanche après-midi radieux.

Éliane dirigeait l'exploitation que lui avaient laissée ses parents. L'essentiel de son activité consistait à élever un cheptel d'une cinquantaine de vaches. Elle venait vendre ses légumes issus de l'agriculture biologique moins pour gagner de l'argent que pour rencontrer du monde. Elle vivait dans un hameau qui ne comptait que dix-sept habitants, dont son frère, qui habitait avec elle.

Nous nous découvrîmes des intérêts communs. Elle aimait comme moi la littérature anglaise et avait enseigné pendant quelques années dans un lycée agricole. Sous sa férule, je fis très rapidement des progrès en cuisine. Deux mois plus tard, je démissionnai pour devenir éleveur. Je quittai sans regret l'association de réinsertion où je travaillais. J'en avais assez de tenter de remettre la vie des autres sur des rails. Il était temps que je reprenne la mienne en main.

Je m'installai chez Éliane en été. Sa maison, vieille de deux siècles, sentait la cire et l'herbe sèche. Quand son frère partait au village, nous restions au lit aux heures chaudes de la journée, à écouter nos respirations et à observer les rayons de poussière qui dansaient à travers les volets clos. En fin d'après-midi, seul le beuglement courroucé des vaches qui attendaient la traite parvenait à nous faire sortir de notre antre.

Je prenais une part active aux travaux de la ferme. Le frère d'Éliane, un jeune homme taciturne et un peu attardé, m'apprit à traire et à nourrir les bêtes. Je m'y employai avec zèle. Même nettoyer l'étable ne me rebutait pas. Il refusait cependant que je manœuvre son tracteur, qu'il conduisait sans se soucier des limitations de vitesse, cigarette aux lèvres et regard perçant à la John Wayne. Bêcher, traire, nettoyer..., toutes ces activités me permettaient d'oublier peu à peu mon ancienne vie. J'avais maigri. Le visage buriné, les mains calleuses, le torse et les bras plus musclés, je ne ressemblais plus au petit prof souffreteux qui avait quitté la ville au bord de la dépression. Je reprenais confiance en moi et en ma virilité, soutenue par Éliane qui me répétait après chaque étreinte qu'elle n'avait jamais eu un amant aussi doué que moi. Aujourd'hui encore, je me demande si elle déclarait cela pour me faire plaisir ou parce que ce département rural était peuplé d'éjaculateurs précoces.

Épuisé par la vie au grand air, je sombrais tous les soirs dans un sommeil sans rêve, où Pierre-Emmanuel était enfin absent. Je songeais désormais avec philosophie qu'il était dans l'ordre des choses que Marianne soit tombée amoureuse d'un homme plus jeune que moi. J'en arrivais presque à la plaindre d'avoir dû, à quarante ans passés, s'assurer de sa séduction en ferrant un jeune homme à la recherche d'une figure maternelle. Je n'hésitais plus à comparer nos couples respectifs, trouvant le mien mieux assorti.

Ce fut dans cet état d'esprit serein que j'abordai mon premier hiver à la campagne. Avec ses pièces désormais sombres, la vieille maison semblait s'être refermée sur elle-même, ce qui n'empêchait pas de vigoureux courants d'air froid de la parcourir. Mettre le nez hors de l'édredon de plumes dès cinq heures du matin pour aller traire les vaches me semblait chaque jour plus difficile.

Une pluie mesquine s'abattait sur moi chaque fois que je traînais péniblement à l'extérieur de l'étable mes cinq brouettes de fumier quotidiennes. Elle prenait un malin plaisir à s'immiscer dans chaque interstice que lui offrait mon blouson et profitait de mon col pour former une gouttière glacée.

L'ambiance entre Éliane et moi s'était également refroidie. Le comportement de Thomas et de Julie en était la cause. Marianne les obligeait à me rendre visite tous les quinze jours. Dès la descente du train, Thomas me demandait si j'allais demeurer encore longtemps dans ce trou perdu, à contempler le cul des vaches. Julie s'inquiétait, quant à elle, de la présence du frère d'Éliane, qu'elle avait baptisé « le bouseux ». Elle l'accusait de lui jeter des regards lubriques. Je me retenais de lui faire remarquer que, avec ses bottes à talons et ses minijupes, elle aguichait tous les fermiers du coin.

Dès leur arrivée, ils s'enfermaient dans la chambre qu'Éliane leur avait réservée. Malgré mes injonctions d'aider aux travaux de la ferme, ou au moins de profiter du bon air, ils ne délaissaient leur ordinateur et leur baladeur que pour passer à table. L'atmosphère, lors des dîners, était encore plus glaciale que les pièces. J'en arrivais à attendre avec impatience la fin du week-end, pour les remettre dans le train.

Le dimanche soir, désormais, Éliane et moi nous disputions à leur propos. Elle trouvait Julie et Thomas insupportables et méprisants. Je prenais leur défense, tout en sachant qu'elle avait raison. Mais il est difficile pour un père, de surcroît divorcé, d'avouer qu'il a raté l'éducation de ses enfants.

Le printemps surgit enfin, un matin, après une dernière giboulée. Je fus à peine ému par les premiers bourgeons des arbres. Je commençais à en avoir assez de toute cette verdure et contemplais les prairies d'un vert éclatant avec un regard blasé. J'étais las du silence quasi monacal qui régnait, seulement perturbé par le beuglement des vaches et le klaxon du fourgon du boulanger. Je rêvais d'invectives urbaines et d'un bon embouteillage.

Je proposai à Éliane de partir une semaine en vacances. À la mer, dans une capitale européenne, n'importe où, pourvu que ce ne soit pas à la campagne. Elle me répondit qu'il n'en était pas question. Nous n'en avions pas les moyens et c'était la période du vêlage. Une fois de plus, mon emploi du temps était dicté par ces foutus ruminants.

Comme je rétorquais qu'elle ne vivait que pour sa ferme, elle me signifia, pour la première fois, que, si son mode de vie ne me convenait plus, j'étais libre de partir. En attendant, c'était mon tour de m'occuper de la traite.

Je commençais à me lasser de son caractère autoritaire. Marianne m'avait mené par le bout du nez mais elle avait le mérite de procéder avec douceur.

Le temps de la passion était passé. Désormais, je ne supportais plus le rire tonitruant d'Éliane, ses jeans crottés et son allure négligée. Mais je restais à ses côtés, effrayé par la perspective de me retrouver à nouveau seul et encore retenu par nos ébats sexuels. Ils se faisaient cependant de plus en plus rares. Éliane, qui abattait le travail de deux hommes, opposait maintenant à mes avances un refus ensommeillé. Et plus elle se refusait à moi, plus j'avais envie d'elle. Ignorant notre mésentente sexuelle, son imbécile de frère continuait à m'adresser chaque matin, au petit déjeuner, un clin d'œil libidineux auquel je m'efforçais de répondre par un sourire égrillard.

Lorsqu'un couple s'effrite, il s'entoure, par réflexe de survie, d'une compagnie bruyante et gaie pour oublier l'issue inexorable. Éliane et moi ne dérogeâmes pas à cette règle, en organisant cet été-là de nombreux barbecues. La campagne regorge de personnages insolites. Lors d'une de ces soirées, je rencontrai un archéologue à la retraite, un romancier casanier et sa jeune épouse russe, ainsi qu'un couple d'Anglais qui s'était mis en tête de transformer en cottage une vieille grange achetée pour une bouchée de pain. Shou Laï, un de leurs amis originaire de Hong-Kong, les accompagnait. Ce fut en discutant avec lui que me vint l'idée de proposer des cours de chinois à des sociétés en quête de nouveaux marchés.

Éliane m'encouragea dans cette voie. J'ignore encore si elle croyait en mon projet ou si elle voulait, plus simplement, se débarrasser de moi. Heureux de déserter la grange sans confort de ses amis anglais, Shou Laï vint s'installer à la ferme pour m'aider à monter un « business plan ». C'était un homme d'affaires avisé, et il pressentait l'attrait qu'allait bientôt exercer l'expansion économique de la Chine pour des entreprises européennes. Il me proposa d'entrer dans le capital de l'entreprise. Marianne, qui se sentait coupable de ce qu'elle nommait ma « déroute professionnelle post-maritale », renonça à la piscine qu'elle projetait de faire construire pour me soutenir financièrement.

Thomas se montra intéressé par l'élaboration des statuts juridiques de ma future société. Cet intérêt ne dura qu'un mois, mais c'était déjà bien. Julie se déclara ravie. Elle allait enfin, confia-t-elle à sa mère, pouvoir dire à ses amies ce que faisait son père. Chef d'entreprise sonnait mieux que fermier.

Mon père déclara qu'intégrer l'Éducation nationale eût été préférable. Pierre-Emmanuel me fit savoir par le biais de Marianne qu'il serait heureux de m'aider à installer mon système informatique. Je déclinai poliment l'invitation. Je n'étais pas encore prêt à confier mon code d'accès au type qui m'avait piqué ma femme.

Je quittai la ferme à l'automne. J'avais trouvé, pour un loyer modique, un minuscule studio qui allait me servir dans les premiers temps de bureau et de domicile. Je louais deux salles à un institut proposant des cours de soutien en maths.

Le frère d'Éliane pleura à chaudes larmes lors de mon départ. Il courut derrière la voiture pendant près d'un kilomètre, en agitant une fourche en signe d'au revoir. Éliane m'avait embrassé sur la joue. Nous étions convenus de nous revoir bientôt, tout en sachant l'un comme l'autre que nous en resterions là. J'entendis pour la dernière fois son rire tonitruant le soir de mon retour en ville, lorsqu'elle m'appela pour s'assurer que j'étais bien arrivé.

Je signai un premier contrat avec une société de cosmétiques deux mois plus tard. Six mois après, une entreprise fabriquant des joints de culasse me demandait de relever le niveau d'anglais de ses commerciaux. Après deux ans de travail acharné, je pus enfin louer mes propres locaux pour y installer trois professeurs et leurs étudiants. Deux années ponctuées d'espoirs, d'incertitudes et parfois de découragement. Je n'avais pas le temps de m'investir dans une relation sentimentale, excepté quelques aventures d'un soir.

Ce fut à cette époque que, pour tromper ma solitude, je pris l'habitude d'aller prendre l'apéritif chez Marianne le dimanche soir.

— Cette femme est horrible. J'ai bien vu qu'elle ne me croyait pas.

Ce mercredi soir, en rentrant du bureau, je trouve Caroline recroquevillée sur le canapé. Cette fois, la cause n'en est pas un rat, mais B. Lamotte-Choisy, qui l'a convoquée pour qu'elle s'explique sur la provenance des lettres anonymes.

J'enlève en hâte ma veste et l'abandonne sur un cintre, dans le placard de l'entrée. Instinctivement, je cherche le verre de vin qui m'accueille chaque soir. L'air de rien, je commence à m'habituer à ce rituel.

— Raconte-moi comment ça s'est passé.

Je reviens de la cuisine avec deux verres à pied et une bouteille de bordeaux. Après en avoir tendu un à Caroline, je m'installe à l'autre bout du canapé.

— Elle m'a accusé d'avoir écrit des lettres anonymes te dénonçant comme l'assassin de Marianne. C'est inimaginable, hoquette-t-elle, encore sous le coup de l'indignation.

J'approuve d'un hochement de tête. Je ne la savais pas si bonne comédienne.

— Comme si j'étais la seule à utiliser ce papier au lycée ! s'insurge-t-elle encore.

— Tu es peut-être la seule parmi le personnel à avoir un motif pour envoyer ces lettres. L'envie de venger la mort de ta sœur, par exemple.

Caroline cesse de pleurer et me jette un regard incrédule, entre stupeur et désarroi.

— Mais enfin, Vincent, crois-tu que, dans ce cas, je me serais installée chez toi ?

Elle s'est rapprochée de moi pour me prendre la main.

— Je sais que ta douleur est profonde, murmure-t-elle. Comme la mienne. C'est ce qui nous rapproche.

Je retire ma main, au prétexte de nous resservir à boire. Je lui demande, d'un ton que j'essaie de rendre léger :

— Tu ne me crois donc pas coupable ?

— Je pense surtout que tu es victime de l'acharnement d'un juge qui a envie de boucler au plus vite ce dossier, répond-elle doucement

Touché, je me rassois près d'elle. Je me sens tout à coup un peu moins seul.

— Je ne pense pas que ce soit une bonne idée.

J'ai enfin réussi à joindre Thomas sur son portable, entre deux cours. Je me demande s'il trouve le temps de voir sa petite amie, si toutefois il en a une.

Cela fait deux jours que Pierre-Emmanuel est sorti du coma. Je veux lui rendre visite, mais j'ignore où il est hospitalisé.

— Je n'ai pas besoin de ton avis, mais du nom de l'hôpital, Thomas.

C'est toujours la même chose avec lui. Le ton monte rapidement. Je ne supporte pas sa suffisance, que j'assimile parfois à du mépris envers moi.

— Tu es suspecté d'avoir tué maman. Je trouve indécent que tu te rendes au chevet de son compagnon.

— Alors, toi aussi, comme ta sœur, tu penses que ce n'était pas un accident !

— Je ne pense rien. Je serai bientôt juge. Je me dois d'être impartial.

— C'est à ton père que tu t'adresses…

— Cela ne change rien pour moi. Il est préférable que tu ne t'approches pas de Pierre-Emmanuel, c'est tout. Bon, mon cours va commencer, il faut que je raccroche.

De dépit, je lance mon téléphone portable à travers la pièce. Il atterrit violemment sur le sol. C'est stupide, il faut que je parvienne à mieux me contrôler. Ma secrétaire a entendu du bruit, elle gratte à la porte, puis entre sans y être invitée. Je fais mine d'étudier le bilan comptable. Elle ramasse mon téléphone sans un mot.

Ce n'est pas la peine que j'appelle Julie. Depuis notre rencontre chez le juge, elle filtre ses appels. Je décide de me rendre à l'improviste chez mes ex-beaux-parents. La plupart du temps, Julie n'a pas cours l'après-midi. Avec un peu de chance, elle sera là.

Il faut que je la voie, qu'elle accepte de m'écouter. Je ne supporte plus de mendier l'attention de mes enfants, à défaut de leur affection.

C'est Marie-Astrid, ma belle-mère, qui m'ouvre. Je mets aussitôt un pied dans l'entrebâillement de la porte, comme un vulgaire démarcheur. J'en suis réduit à ça.

— Julie n'est pas là, me répond-elle, les lèvres pincées. Et je vous prie de me permettre de refermer la porte.

Son haleine sent l'alcool et son regard est trouble.

— Je sais ce que vous ressentez, dis-je doucement. Vous avez perdu une fille et moi la mère de mes enfants.

Je sens les larmes me monter aux yeux. Je ne les retiens pas.

— Il n'y a pas une nuit où je ne rêve pas de ce foutu accident.

Marie-Astrid est indécise. Elle jette un coup d'œil dans la rue. Une de ses voisines la salue depuis le pas de sa porte. Elle soupire et, craignant un esclandre public, me fait signe d'entrer.

Dans la salle à manger, où j'ai supporté tant de repas dominicaux, les tentures sont tirées. La pièce sent le renfermé. Elle me conduit au salon. Les coussins du canapé sont impeccablement alignés. Il n'y a aucune trace de doigts sur les vitres de la bibliothèque. Une bouteille de vin blanc doux et un verre à pied sont posés sur la table basse.

Elle me désigne d'un geste le fauteuil qui fait face au canapé, sur lequel elle s'assoit. Elle lisse de la main sa jupe droite noire, assortie à son chemisier, et murmure d'une voix lasse :

— Que voulez-vous, Vincent ? Que pouvons-nous encore nous dire, après tout ça ?

Je me racle la gorge. Je cherche mes mots.

— Je ne sais pas comment faire pour que Julie me croie, quand je lui dis que c'était un accident. Non, vraiment, je ne sais pas comment m'y prendre.

J'ai la chance de plaire aux dames d'un certain âge. Sauf à ma mère, qui s'est toujours rangée à l'avis de mon père. Je suis assez fier d'avoir, la semaine dernière, réussi à convaincre une vieille institutrice à la retraite de se mettre au chinois.

Marie-Astrid hoche la tête puis me propose un verre. Je ne sais pas si c'est parce qu'elle pense que j'en ai besoin ou pour cesser de s'enivrer en solo. Je lui raconte l'acharnement du juge, mes efforts pour prouver mon innocence, mes nuits blanches, jusqu'à la photo de Marianne qui ne quitte pas mon chevet. Elle m'écoute avec la bienveillance d'un prêtre muré dans son confessionnal, tout en se resservant à boire.

C'est lorsqu'on évoque la présence de Caroline sous mon toit que les choses se gâtent. Il faut dire que Marie-Astrid, tout en m'écoutant, a sifflé trois verres d'affilée.

— À ce propos, il va falloir dire à Caroline de rentrer chez elle, grince-t-elle, en se redressant. Ce n'est pas convenable qu'elle dorme sous le même toit que vous.

Sa voix vire à l'aigre. Sans doute faut-il se méfier de l'effet de l'alcool sur les femmes ménopausées.

— Évidemment, vous, ça vous arrange, n'est-ce pas ? Après l'aînée, la benjamine. Du moment que vous avez une femme dans votre lit... Vous avez l'intention de me prendre toutes mes filles ?

Elle part d'un éclat de rire strident. Je ne l'ai jamais vue dans cet état. Je tente de l'apaiser

— Enfin, Marie-Astrid, vous vous égarez...

— Vous êtes comme tous les hommes. Des salopards.

Je la regarde, abasourdi. Les appels anonymes, c'était donc elle.

— Tous les hommes sont des salopards, répète-t-elle, tout en remettant en place un coussin qui a pris la liberté de sortir du rang.

Je détourne le regard. Ses yeux sont rouges et ses cheveux décoiffés. Elle a un peu écarté les jambes ; ses mollets sont comme ceux de ses filles, trop forts et, l'âge venant, un peu pendants.

— Qu'est-ce que vous croyez que fait mon cher époux, quand il me dit qu'il est retenu à son cabinet ? m'interpelle-t-elle soudain. Qu'il consulte son agenda du lendemain avec sa secrétaire ? Et le Rotary ? J'ai vérifié, il n'assiste pas à toutes les réunions… Tous des salopards !

Elle répète ce dernier mot à l'envi, en le modulant, comme pour s'en rassasier.

— Je dois vous avouer une chose, mon petit Vincent, reprend-elle, après avoir vidé son verre d'un trait. Vous n'étiez pas le gendre dont je rêvais, mais quand vous avez été cocu, vous avez eu, pour une fois, toute ma sympathie. Je me suis sentie vengée.

Elle se tait puis se sert un nouveau verre. Je me lève, gêné.

— Vous devriez arrêter de boire, Marie-Astrid.

— Je n'ai plus que ça, balbutie-t-elle en commençant à sangloter.

— Je crois qu'il vaut mieux que je m'en aille. J'ai beaucoup de choses à faire.

Je m'esquive sur la pointe des pieds, au bord de la nausée.

11

Lundi 17 décembre 2002

En arrivant au bureau, ce matin, je n'ai pas fait attention au gamin de dix ans qui patientait à l'accueil, muni d'un petit sac à dos. Il arrive parfois que des enfants attendent leurs parents à la sortie des cours. Dès que j'en aurai fini avec la juge Lamotte-Choisy, je réfléchirai sérieusement à la création d'une halte-garderie. Offrir ce service me permettrait de me démarquer de mes concurrents.

La secrétaire me salue à peine, car elle est en train de démêler les guirlandes du sapin de Noël qu'elle installe chaque année sur le comptoir, avec une joie d'enfant. Au fil des ans, elle a apporté toutes les décorations qu'elle entrepose chez elle. Le réveillon du 24 décembre, elle le passe seule, devant la télévision.

J'ai à peine fait trois pas en direction de mon bureau que le gamin me rattrape. Il me dépasse et me bloque le passage, me forçant à piler pour ne pas lui rentrer dedans.

— C'est toi le directeur ? Faut qu'on se parle.

Ma secrétaire a bondi et s'apprête à empoigner l'importun. Celui-ci ne se laisse pas démonter.

— C'est au sujet des lettres anonymes, m'annonce-t-il.

D'un geste, je lui fais signe de se taire et lui indique mon bureau. La secrétaire nous suit, une lueur de curiosité dans les yeux. Je la prie sèchement de retourner à ses décorations.

Après avoir fermé la porte, j'indique à mon jeune visiteur le siège en face de mon bureau. Il s'y enfonce sans gêne et me dévisage, tout en mâchant son chewing-gum. Il me semble que je l'ai déjà vu quelque part, mais je n'arrive pas à me rappeler dans quelles circonstances.

Il se redresse, fouille dans son sac à dos et en extrait une paire de gants en caoutchouc roses, semblables à ceux que ma mère utilisait pour faire la vaisselle. Il y glisse ses mains, puis il sort deux feuilles, protégées chacune par une pochette plastique, qu'il me montre par-dessus le bureau.

— Vous reconnaissez ? demande-t-il.

Je m'efforce de masquer ma surprise. Ce que j'ai en face de moi, ce sont des copies des deux lettres anonymes actuellement dans mon dossier chez le juge.

— Où as-tu trouvé ça ?

— C'est moi qui pose les questions.

Je le détaille. Il a une dizaine d'années, des cheveux longs et gras, un regard vif sous de lourdes paupières. Il n'est pas très grand et déjà trop gros pour son âge. Il porte un jean usé d'où son ventre déborde, un sweat-shirt aux inscriptions fanées et des baskets qui ont fait leur temps. Ses parents ne doivent pas rouler sur l'or.

— Je sais qui a fait ça, reprend-il. T'alignes combien, pour que je te dise qui c'est ?

Il passe sûrement son temps libre à regarder des séries policières à la télévision.

Le téléphone sonne. La secrétaire m'annonce que c'est Shou Laï, mon associé de Hong-Kong. Sans doute s'inquiète-t-il du chiffre d'affaires qui stagne depuis trois mois. Je promets de le rappeler plus tard.

— D'abord, je veux voir si ce sont vraiment les bonnes lettres.

Grand seigneur, le gamin jette les photocopies sur mon bureau.

— Tu peux vérifier. Et c'est pas la peine de me les piquer, j'ai d'autres copies.

J'examine les deux documents avec attention. Ils sont identiques aux missives que le juge conserve dans son bureau.

De Shou Laï, j'ai appris qu'il ne faut jamais brusquer les choses en affaires. J'appelle ma secrétaire et lui demande d'apporter deux Coca-Cola. Je déteste les boissons gazeuses, mais boire la même chose que mon interlocuteur peut le mettre en confiance.

— Pourquoi penses-tu que je vais te filer du fric pour savoir qui a écrit ces lettres ?

Il cesse de téter la paille plantée dans son Coca pour me répondre.

— Parce que t'es sacrément dans la merde.

— Et toi, c'est pour faire quoi, ce fric ?

Son visage lunaire s'illumine.

— Pour m'acheter des Nikes.

— Elles coûtent combien ?

— 104,99 euros. Elles sont en promotion.

Je souris. J'imagine que cela fait des semaines qu'il rôde dans le rayon du magasin de sport où il les a repérées.

— Je te paie comment ?

— Je veux du cash, répond-il en récupérant ses photocopies.

— D'accord. Tu me marques le nom sur un papier et je te donne 50 euros tout de suite.

— J'ai dit 104,99 euros.

— Oui, mais il faut que je vérifie que tu ne m'as pas raconté de salades. Dès que l'auteur des lettres aura avoué, je te donnerai le solde.

— C'est quoi, le solde ?

— Les 54,99 euros que je te dois. Disons 55 euros, pour arrondir.

— Dans combien de temps ?

— Dans trois jours, le temps de faire les vérifications.

— Ça me semble correct.

Il enlève ses gants de cuisine, et me tape dans la main pour sceller notre accord. Je lui tends un papier, il y inscrit deux mots, pendant que je sors des billets de la caisse fermée à clé que je garde dans un tiroir. J'échange avec solennité l'enveloppe contenant l'argent contre sa feuille.

Le temps que j'y lise le prénom et le nom tracés en lettres capitales, il s'est faufilé hors de mon bureau. Je suis trop stupéfait par ce que je viens de découvrir pour lui courir après.

Je me rappelle maintenant où je l'ai vu, ce môme. Chez Lisa, la mère célibataire qui fréquentait le centre social où j'enseignais et avec qui j'étais sorti quelque temps. Le gamin est son fils, et il vient de dénoncer sa mère pour une paire de baskets en promotion.

Caroline m'attend dans le vestibule, un verre à la main. Je suis tellement soulagé d'avoir découvert l'auteur des lettres anonymes que je la serre dans mes bras. Troublée, elle renverse quelques gouttes de son propre verre et se précipite à la cuisine pour aller chercher de quoi nettoyer.

— Laisse tomber, Caroline, ce soir, je t'invite au restaurant.

— Tu as de bonnes nouvelles ?

— J'ai signé un nouveau contrat, dis-je en mentant.

Caroline a un bon coup de fourchette et une prédilection pour les nems. Je l'ai emmenée dans le restaurant que tient le cousin de Zhou, mon professeur de chinois. J'ai droit à un apéritif gratuit et un verre de saké, à la fin du repas.

— Maman a téléphoné, m'informe Caroline. Elle voulait te parler.

— Je la rappellerai, ne t'inquiète pas…

J'ai répondu d'un ton distrait, je suis occupé à mater la fille dénudée au fond du verre de saké. Une délicieuse brune au corps étroit y dévoile son intimité.

J'ai les sens un peu échauffés lorsque je me déshabille. Trois verres de saké offerts par le patron et autant de visions de kimonos entrouverts sont sans doute la cause de cette excitation. J'ai envie d'un verre de lait frais pour me rafraîchir les idées. Le frigo est ouvert et éclaire doucement la pièce. Caroline est en train de farfouiller dedans, elle hésite entre deux yaourts à 0 %. Dans la lumière verte du frigo, sa croupe rebondie a quelque chose d'irréel. Je ne puis m'empêcher de glisser ma main dessus. Caroline sursaute, mais se laisse faire. Je m'enhardis à glisser ma main sous sa chemise de nuit. Elle ne porte pas de culotte.

Nous n'avons pas dit un mot pendant que je l'aidais à s'asseoir sur la table et relevais son vêtement. Son sexe est chaud et s'humidifie très vite sous mes caresses. Je me glisse en elle avec un bonheur certain. Son ventre mou colle à mes poils, à la façon d'un poulpe, et la peau de ses cuisses est adipeuse. Je me concentre sur mon plaisir et, au moment de jouir, l'image de Marianne s'impose à moi. Caroline manifeste sa satisfaction par une sorte de roucoulement proche du chant grégorien.

Ce matin, je suis parti de la maison avant qu'elle ne se réveille. J'ai tenu, après l'épisode de la cuisine, à ce qu'elle aille dormir dans son lit.

Je me suis encore laissé emporter par mes sens. Mon ex-belle-mère a raison, je ne suis qu'un salopard.

Mon avocat a transmis au juge la dénonciation écrite par le fils de Lisa. Celle-ci a avoué être l'auteur des lettres anonymes. Le gamin est revenu chercher ses 55 euros. C'est la secrétaire qui lui a donné l'enveloppe que j'avais préparée à son intention. Je n'ai pas voulu le revoir. En temps de guerre, il aurait fait un parfait délateur.

Je me retrouve de nouveau dans le bureau de B. Lamotte-Choisy, qui a souhaité organiser une confrontation entre Lisa et moi. Je pensais que c'était une bonne idée de communiquer à la justice l'identité de l'auteur de ces lettres car, après tout, rien ne m'y obligeait. Une preuve de bonne volonté, démontrant mon innocence. Je me trompais.

Il faut se méfier des femmes qu'on laisse tomber. Je n'aurais pas dû quitter Lisa aussi abruptement, mais, c'est humain, on ne prend de pincettes qu'avec les personnes dont on s'estime l'égal.

Lisa est un dangereux bloc d'animosité. Elle ne répond pas à mon bonjour courtois, se contente de me jeter un regard sombre et méprisant. Elle a grossi, porte un jean trop serré et un corsage aux tons criards. Ses cheveux décolorés ont des racines noires et fourchent sur ses épaules. Je me demande comment j'ai pu lui trouver un quelconque attrait. Il fallait, à cette époque, que je sois vraiment en manque de sexe.

La greffière à tête de musaraigne a changé de coiffure, mais sa nouvelle coupe ne lui va pas du tout. B. Lamotte-Choisy est vêtue, comme à son habitude, d'un tailleur et d'un chemisier crème en soie. Mon avocat s'installe à côté de moi, mais le plus loin possible de Lisa, comme pour se préserver de sa vulgarité.

Sur un signe du juge, la greffière lit la déposition de Lisa, qui reconnaît avoir écrit les lettres anonymes quelques jours après avoir appris la mort de Marianne. Elle travaille comme femme de ménage au lycée privé où Caroline est documentaliste. Elle nettoie les locaux, le soir, quand il n'y a plus personne. Il ne lui a pas été difficile de dénicher de vieux journaux au service de documentation. Elle a découpé les lettres dont elle avait besoin et les a collées sur une feuille blanche prise sur le bureau de Caroline. Elle en a fait des photocopies, qu'elle a cachées sous le sommier de son lit. C'est là que son fils les a découvertes, il fouillait sa chambre pour trouver de l'argent.

Avant d'être embauchée au lycée, Lisa était femme de ménage chez un gynécologue. Un soir, elle y a croisé Marianne, qu'elle avait rencontrée lors d'une fête au centre social, quelques mois avant qu'on ne sorte ensemble. Inquiète d'être enceinte à plus de quarante ans, Marianne venait s'assurer que sa grossesse se déroulait bien. Un homme beaucoup plus jeune qu'elle l'accompagnait, il était très prévenant et semblait ravi de sa future paternité. Lisa se souvenait très bien de lui, parce que les pères de ses différents enfants ne l'avaient jamais traitée avec autant d'égards. Eux, ils avaient plutôt tendance à cogner, qu'elle soit enceinte ou non.

La greffière remet la déposition dans un dossier. Le juge se tourne vers Lisa :

— Revenons au contenu de ces lettres anonymes. Dans la première, vous avez écrit, je cite : « *Vincent et Marianne, ça n'allait pas au lit. Un autre l'a fait jouir. Il ne supportait pas.* » Pourquoi avez-vous écrit cela ?

Lisa me dévisage des pieds à la tête puis se tourne vers le juge.

— Regardez-le, crache-t-elle. C'est un pauvre mec, complexé par sa taille. Chaque fois qu'on faisait l'amour, il me demandait si j'avais vraiment pris mon pied. Au début, je trouvais ça bien, un type qui faisait autant attention à moi, mais après j'en avais marre, il insistait trop. Il n'arrêtait pas de me poser toujours les mêmes questions : Et à quel moment tu as joui ? Qu'est-ce que tu as apprécié exactement ? Qu'est-ce qui t'a le plus excitée ? J'avais l'impression de répondre à un sondage.

Les joues empourprées, mon avocat saute sur ses pieds.

— Je m'insurge, madame le juge, mon client n'a pas à supporter ça.

— La victime non plus, maître, n'avait pas à supporter d'être écrasée par votre client. Insurgez-vous de façon silencieuse, maître, et rasseyez-vous, s'il vous plaît.

Il s'exécute, tandis que Lisa poursuit :

— Alors, quand j'ai vu, chez le gynéco, le type magnifique que sa femme s'était dégoté, ça m'a fait marrer, la comparaison. Surtout que Vincent m'avait confié que, avec Marianne, ce n'était pas vraiment drôle au lit. Un vrai glaçon, d'après lui. C'est pour ça que j'étais sûre qu'il resterait avec moi. J'ai pas compris le jour où il m'a laissé tomber.

Je murmure, malgré moi :

— Je n'avais plus le temps, je préparais le CAPES.

— C'est quoi, ce truc ? grince Lisa. Encore une excuse…

Le juge l'interrompt.

— Vous affirmez dans la seconde lettre anonyme que M. Verdun a tué son ex-femme parce qu'elle était enceinte d'un autre. Ce sont de graves accusations. Comprenez-vous que vous pouvez être poursuivie en justice ?

— Je m'en fous. J'ai ma conscience pour moi. Vincent, on peut lui reprocher de ne pas être un bon coup au lit, mais la fibre paternelle, il l'avait. Il était malheureux que sa femme ne veuille pas d'autre enfant, il me l'a avoué plusieurs fois. Il disait que, les deux premiers, il était trop jeune à leur naissance, mais que maintenant il était prêt. Moi, je lui en aurais bien fait un, pour une fois que je tombais sur un géniteur potable, mais j'ai pas eu le temps de le lui proposer. Il m'a laissé tomber d'un coup pour son CAP.

— CAPES, ne puis-je m'empêcher de corriger.

Lisa hausse les épaules.

— Si tu veux… Et donc, quand j'ai su qu'il avait écrasé sa femme qui ne voulait pas lui faire un autre enfant mais qui était enceinte d'un type plus jeune et sûrement mieux monté que lui, je me suis dit qu'il devait y avoir aiguille sous roche.

— Anguille sous roche, murmure à son tour mon avocat.

— Vous auriez pu faire part de vos soupçons à la justice sans avoir recours à des lettres anonymes, remarque B. Lamotte-Choisy.

Lisa la regarde sans comprendre.

— Vous auriez pu venir me voir pour me parler de tout ça, reformule la juge.

— J'ai pas trop confiance, moi, dans la justice. Déjà qu'il y a une assistante sociale qui me cherche des noises, à cause que mon fils sèche l'école. Je lui ai confisqué ses nouvelles baskets pour le punir, mais rien n'y fait. Je ne sais même pas comment il se les est procurées, ses Nike. Si vous croyez qu'on peut avoir l'œil sur tout, quand on fait des ménages dix heures par jour…

Maître Bodard s'éponge le front avec un mouchoir blanc en fine batiste, marqué à ses initiales, avant de se lever de nouveau.

— J'espère, madame le juge, que vous n'accordez aucune foi en ce témoignage. Cette femme est lâche au point d'envoyer des lettres anonymes, et ses propos d'aujourd'hui respirent la jalousie et la haine envers mon client…

— Je l'ai noté comme vous, maître, répond B. Lamotte-Choisy. Rasseyez-vous, je vous prie.

— Faut pas le croire, l'avocat, reprend Lisa. Moi, ma vie, je l'ai refaite. Un type bien, avec un boulot stable. Jardinier à la mairie. Si je bosse beaucoup en ce moment, c'est parce qu'on veut s'acheter une maison, se marier et avoir un gosse. J'en veux plus à Vincent de m'avoir laissé tomber. Si j'aurais continué à le voir, j'aurais pas rencontré mon fiancé. Mais quand même, madame le juge, vous l'auriez vu, Vincent, après sa séparation avec Marianne. Il faisait semblant que tout allait bien, à l'association. Personne ne se rendait compte de rien, mais moi je le connais bien. Il digérait pas la rupture. Il était malheureux comme une pieuvre.

— Une pierre, soupire maître Bodard en s'éventant avec son mouchoir.

B. Lamotte-Choisy se tourne vers moi.

— Souhaitez-vous répondre, monsieur Verdun ?

— Je ne crois pas que ce soit utile. Il me semble déjà savoir quelle version aura votre préférence.

Elle ne relève pas et s'adresse à Lisa.

— Je vous demande de signer cette nouvelle déposition et de vous tenir à la disposition de la justice. Vous aurez bientôt de mes nouvelles. On n'envoie pas impunément des lettres anonymes.

Lisa hausse les épaules.

— Je m'en fous. J'ai fait ce que j'avais à faire, marmonne-t-elle avant de gagner la porte.

À la sortie du tribunal, maître Bodard s'inquiète de ma pâleur et me propose d'aller prendre un verre. Il connaît, juste à côté, un petit bar feutré et assez sélect, où il retrouve ses collègues. Je décline l'invitation. J'ai besoin de me retrouver seul.

Je ne suis plus un simple témoin assisté. Je suis mis en examen pour homicide volontaire. Le juge des libertés m'a laissé libre, sous contrôle judiciaire. Mon avocat trouve que j'ai de la chance.

Le rapport du psychiatre est accablant. Selon lui, j'ai une personnalité psychorigide et je suis capable d'accès de violence incontrôlée.

Le juge instruit à charge, en mettant en avant le témoignage de ma fille, de Lisa et de mon ancienne voisine qui maintient que je suis retourné près de Marianne après l'accident pour m'assurer qu'elle était grièvement blessée.

Selon B. Lamotte-Choisy, je ne suis pas redescendu de mon véhicule parce que j'avais oublié une maquette d'avion dans le coffre, mais pour agresser mon ex-femme, d'abord verbalement, puis physiquement.

Mon avenir, c'est la cour d'assises et peut-être vingt ans de prison.

Je n'aurais jamais dû acheter ce 4 × 4.

— On va t'aider à te sortir de là.

Lucien et Christophe ont accouru, après mon coup de téléphone. Christine a râlé, parce que Lucien devait installer une étagère. Christophe a abrégé une « réunion » avec l'une de ses stagiaires. Ce sont de sacrés potes. Je peux compter sur eux.

Nous nous retrouvons au café, non loin de notre ancien lycée. Cette fois, il ne s'agit pas de tirer des plans sur la comète, comme au temps où nous étions adolescents, mais juste de m'éviter une condamnation pour assassinat.

Nous établissons un plan de bataille et commandons des bières. À la quatrième tournée, Christophe, qui m'a proposé une interview, me garantit une audience nationale pour clamer mon innocence. Il n'est pas Albert

Londres, mais il tient enfin son affaire Dreyfus. Lucien m'apporte son soutien moral. Il décide de venir habiter avec moi, jusqu'au procès.

Je lui avoue que Caroline, la sœur de Marianne, vit chez moi.

— Tu l'as sautée ? me demande Christophe.

Je réponds par l'affirmative, d'un ton détaché. « Et plusieurs fois », je précise. Même menacé de prison, je tiens à exhiber ma virilité.

Lucien me lance un regard envieux.

— T'as de la chance, Vincent, oui vraiment, t'as du cul.

Il nous confie qu'il songe à se séparer de Christine. La banque, les courses au supermarché et les beaux-parents le week-end, il n'en peut plus, de sa vie.

— J'ai envie d'un petit cul ferme. J'en ai marre des grosses fesses de Christine, beugle-t-il avant de partir dans un rire d'ivrogne.

Christophe, qui tient mieux l'alcool, nous raccompagne. Il se moque des contrôles de police, il connaît par leur prénom tous les flics de la ville.

Arrivé devant chez lui, Lucien se débat avec ses clés, qu'il fait tomber sur le paillasson. Alors qu'il se baisse pour les ramasser, les lumières du rez-de-chaussée s'allument et Christine apparaît en chemise de nuit sur le pas de la porte. Sans ménagement, elle l'aide à se relever.

Tapis dans la voiture, Christophe et moi observons la scène.

— Tu crois qu'il va finir par se barrer ? dis-je.

— C'est trop tard. Il est foutu. Pour lui, c'est la perpétuité, soupire Christophe.

Il pile devant ma résidence et me donne une accolade.

— On se voit dans la semaine, pour l'interview. On va lui rentrer dans le lard, à ta juge.

Je sors de la voiture. La lumière du séjour est encore allumée. Le rideau bouge. Caroline s'inquiète de mon retard. Je monte les marches, puis m'arrête avant de composer le code de la porte d'entrée.

Installée entre deux réverbères, une guirlande électrique éclaire par intermittence le balcon de Mme Joubert.

Je m'apprête à passer sans nul doute mon dernier Noël d'homme libre.

12

Vendredi 27 juin 2003

« Levez-vous ! La cour. »

La sonnette retentit. Mon procès débute aujourd'hui. Marianne est morte il y a huit mois.

Le tribunal a des problèmes de climatisation. Le président et ses deux assesseurs ont déjà le front moite. Les jurés qui me font face essaient tant bien que mal de lutter contre la chaleur. Une grosse dame s'évente avec son carnet de notes. Un homme maigre, avec de petites lunettes rondes, dénoue le nœud de sa cravate. Un type du genre camionneur est affalé sur son siège, il a relevé les manches de sa chemise, dévoilant ses tatouages. À sa gauche, une jeune femme endimanchée vérifie la tenue de son maquillage à l'aide d'un miroir de poche. Il y a aussi une mère de famille qui tripote nerveusement son téléphone portable éteint. À côté d'elle, un cadre dynamique prend déjà des notes. Un jeune homme à l'allure d'étudiant attardé bâille. Près de lui, une vieille dame, qui semble tout excitée de se retrouver là, échange quelques mots avec un obèse occupant deux sièges à lui seul. Je les dévisage discrètement. Ces neufs inconnus tirés au sort vont décider de la suite de mon existence.

Assis derrière eux, les deux jurés suppléants, qui n'auront pas le droit de délibérer, regardent déjà leur montre.

Ma vie s'est singulièrement rétrécie depuis que je suis passé du statut de témoin assisté à celui de mis en examen. Shou Laï, mon associé chinois, s'est désengagé de la société. J'ai dû quitter les locaux que je louais et procéder à une réorganisation du personnel : je n'ai pas renouvelé les CDD d'Emma et de Kathleen. Mes concurrents ont profité de mes déboires juridiques pour me piquer mes étudiants en anglais.

Kathleen a haussé les épaules en apprenant son renvoi. Elle n'avait, m'a-t-elle rétorqué, pas l'intention de végéter dans cette école toute sa vie. Son amant français avait enfin réussi à obtenir le divorce, après une âpre bataille juridique contre la mère de ses trois enfants. Kathleen compte mettre en route rapidement un bébé, histoire d'activer le mariage. Elle l'a déjà persuadé d'acheter un appartement à son nom.

Emma s'est écroulée en apprenant que je ne renouvelais pas son contrat, elle a pleuré une demi-journée, y compris pendant ses cours. Son manque de professionnalisme m'a un peu agacé. Peu avant 20 heures, ce jour-là, elle s'est glissée dans mon bureau pour tenter de me faire changer d'avis. Elle m'a même fait des avances, mais je n'y ai pas répondu. Son haleine sentait la bière et j'avais d'autres soucis en tête. Aux dernières nouvelles, elle est repartie à Manchester, où elle a repris son emploi de serveuse dans le pub tenu par son père, un anglican austère.

Zhou est passée à la concurrence. Mon institut de langues étant surtout réputé pour ses cours de chinois, sa démission a été un coup dur pour moi. Pour la remplacer – mais peut-on remplacer Zhou ? – je fais appel, en fonction du nombre d'étudiants inscrits, à des vacataires, deux jeunes Chinoises qui préparent un doctorat de sciences. Je les rémunère au SMIC, mais elles ne protestent pas, elles préfèrent donner des cours plutôt que de faire la plonge dans un restaurant asiatique. C'est moins salissant.

J'ai gardé ma secrétaire parce que je ne peux pas faire autrement. Je n'ai pas les moyens de la licencier et, de toute façon, comme elle est en contrat aidé, je ne peux pas la virer du jour au lendemain. Pour accueillir le peu d'étudiants qui me restent, j'ai loué deux salles de classes à une association pour le troisième âge. Mon bureau est étroit et je croise dans le couloir des vieilles dames en fauteuil roulant.

J'ai également dû quitter mon appartement, ses deux chambres spacieuses et son immense dressing. Caroline m'héberge, et nous partageons son deux-pièces situé en banlieue de la ville. Pour me rendre à mon travail, je prends trois bus. Soit une heure et demie de trajet matin et soir. Je n'ai toujours pas récupéré mon permis de conduire.

Je rentre tard et fourbu de ces journées passées à courir après l'argent et de nouveaux étudiants. Caroline est formidable. Elle m'accueille comme avant, me tend un verre et s'inquiète de mon état de fatigue. Nous mangeons en silence. À la vérité, nous n'avons pas grand-chose à nous dire.

Nous partageons désormais le même lit. Plus en raison du manque de place que par envie. Je lui fais l'amour deux fois par semaine, pour la dédommager des frais de bouche que je lui occasionne. Au fil du temps, je me suis habitué au gras de ses jambes et à son odeur trop forte. Je me procure du Viagra auprès d'un médecin compréhensif.

Je n'ai pas revu Julie depuis notre confrontation chez le juge d'instruction. Elle ne répond ni à mes appels téléphoniques ni à mes lettres. Je me suis une nouvelle fois rendu chez mon ex-belle-mère, qui l'héberge toujours. Cette fois, Marie-Astrid m'a claqué la porte au nez, sans se soucier du voisinage. Je lui ai alors fait parvenir une copie des messages qu'elle avait laissés sur mon répondeur. Deux jours après, elle a décidé de ne plus se porter partie civile lors du procès.

J'ai plusieurs fois tenté de surprendre Julie à la sortie de ses cours de stylisme, sans succès. Un bataillon de copines forme autour d'elle une muraille défensive.

Maître Bodard m'assure qu'il est en contact avec Thomas. Il s'intéresse, paraît-il, à mon cas, mais ne veut pas me rencontrer, pour rester impartial. Mon avocat n'a pas voulu m'en dire plus.

Christophe a tenu parole. Il m'a interviewé, me permettant ainsi de donner ma version des faits sur l'accident qui a coûté la vie à Marianne. Cette interview est passée à la radio, dans le journal local de la mi-journée, mais elle n'a pas eu beaucoup d'échos. Le même jour, un élu de la majorité municipale a été placé en garde à vue pour escroquerie. Cela a fait la une de tous les médias.

Dans la salle où je vais être jugé, il n'y a qu'un seul journaliste pour suivre mon procès. Ce doit être un stagiaire. Il ne cesse de relire ses notes et mâchonne nerveusement le bout de son stylo. Le reporter à la moto, celui qui a interviewé mon ancienne voisine, a pris du galon. Il assiste, dans la salle contiguë, au procès de l'élu corrompu, avec ses confrères venus spécialement de Paris.

Le président qui m'interroge est un vieil homme grisonnant, proche de la retraite. Maître Bodard m'a conseillé de parler d'une voix forte, car le président est un peu dur d'oreille.

La greffière est une jeune femme à l'allure sportive, à peine plus vieille que Julie. D'une voix forte, elle commence la lecture de l'acte d'accusation et du déroulé des faits. Je réponds avec calme et précision aux premières questions du président. J'évite de croiser le regard de la magistrate assise à sa gauche. Maître Bodard m'a mis en garde, c'est une vieille fille aigrie, dont le plus grand plaisir est de mettre les hommes à terre. On raconte que, lorsqu'elle était juge aux affaires familiales, tous les divorces étaient prononcés en faveur des épouses.

Le ministère public est représenté par un jeune homme dont les gestes saccadés laissent à penser qu'il est pressé d'en finir.

La famille Pomerol est assise au premier rang. Le visage impassible, Marie-Astrid est engoncée dans un tailleur d'été noir. À son côté, son époux paraît comme d'habitude tout petit. Hermine se tient près d'eux et le regard qu'elle me lance est à peu près aussi tendre que celui de la magistrate.

Mes parents ne sont pas venus. Ma mère pour d'évidentes raisons médicales, et mon père parce qu'il ne veut pas entacher davantage sa réputation auprès de ses collègues.

Assis deux rangs plus loin, Lucien et Christophe m'adressent un geste de soutien.

Après le feu roulant des questions de l'avocat général, l'interrogatoire que mène maître Bodard me semble reposant. Grâce à lui, je peux présenter à la cour le portrait réaliste du père divorcé que j'étais avant la mort de Marianne. Je décris mes efforts pour retrouver une bonne situation afin d'aider mes enfants à poursuivre leurs études supérieures, les rapports amicaux et dénués de rancœur que j'entretenais avec Marianne et son compagnon. Astucieux, mon avocat m'amène à avouer que, piètre conducteur, j'ai dû passer six fois l'examen du permis de conduire avant de l'obtenir. Quelques rires fusent sur les bancs des jurés. Le type baraqué aux tatouages me regarde avec commisération. La mère de famille sourit avec indulgence. Elle aussi doit avoir du mal à faire correctement un créneau.

Appelé à la barre, le psychiatre explique, sans sourciller, que je suis du genre psychorigide. Il me décrit comme un homme complexé par son physique, rancunier, avide de reconnaissance sociale et capable de violence si l'on s'oppose à sa volonté. Maître Bodard remonte, d'un geste gracieux, les manches de sa robe avant de contre-attaquer. Il lui demande si cette description peu flatteuse peut s'appliquer à une partie de nos concitoyens. « J'en vois tous les jours dans mon cabinet », répond l'expert, embarrassé. Le juré aux lunettes rondes étouffe un rire nerveux. Je me sens un peu moins seul.

C'est maintenant au tour des témoins de venir à la barre. Julie, appelée en premier, fait une entrée théâtrale. Ses longs cheveux sont dénoués et elle a revêtu une ample robe noire qui lui descend jusqu'aux chevilles. Elle l'a sans doute créée pour l'occasion.

Le président, qui doit avoir des petits-enfants, s'adresse à elle avec douceur. Il lui demande dans quelle ambiance se déroulaient mes visites, le dimanche soir, chez Marianne.

— Il ne faut pas imaginer qu'on restait tous à papoter dans le séjour, répond-elle sans me regarder. Mon père passait surtout du temps dans l'atelier avec Thomas. En fait, je pense qu'il ne venait que pour voir mon frère et discuter de modélisme. Moi, les modèles réduits, je m'en fous. Je restais dans ma chambre et maman préparait le repas du soir. En attendant que mon père parte, Pierre-Emmanuel montait dans sa chambre pour faire de la musique. Maman ne supportait pas qu'il joue du violon à l'étage parce que ça l'empêchait d'écouter la radio dans la cuisine. Après le départ de papa, ils s'engueulaient toujours à cause de ça.

Je réprime un léger sourire. J'imaginais que Marianne et Pierre-Emmanuel formaient un couple sans nuage.

— D'ailleurs, je suis sûre que mon père venait exprès, le dimanche soir, pour mettre le bazar dans leur couple. Je n'ai jamais compris pourquoi il s'obstinait à conserver ses modèles réduits dans l'atelier, alors qu'il avait un appartement suffisamment grand pour les entreposer. Si j'avais été maman, je les aurais virées de chez nous, ses vieilles maquettes, depuis longtemps.

Le président se tourne vers moi et me demande pourquoi j'ai laissé mes modèles réduits chez mon ex-femme. Je baisse les yeux, gêné.

— C'était pour avoir un sujet de conversation avec mon fils. Je n'en avais pas d'autres.

La mère de famille assise sur les bancs des jurés a les yeux qui brillent. Elle farfouille dans son sac, à la recherche d'un mouchoir.

Julie se tourne enfin vers moi, la bouche méprisante. Elle ressemble de plus en plus à sa grand-mère Pomerol.

— Moi, par contre, ça ne te dérangeait pas de ne rien trouver à me dire, rétorque-t-elle.

— Les seules fois où tu t'adressais à moi, c'était pour me demander de l'argent. Et Dieu seul sait si je bossais pour t'en procurer.

Un murmure réprobateur parcourt l'assistance. L'avocat général s'empresse de changer de sujet, il demande à Julie de raconter aux jurés ce qui s'est passé le soir du drame. Julie maintient sa déclaration : mon coup d'œil haineux dans le rétroviseur, ma brusque décision de descendre du 4 × 4 alors que je savais pertinemment qu'elle était pressée, les éclats de voix dans le garage.

— Il a reculé exprès, pour tuer maman, conclut-elle.

Je bondis, hors de moi.

— C'est faux, Julie. Tu le sais bien, que c'est faux.

Le président masse son oreille gauche avec une grimace douloureuse. Il doit porter un appareil auditif. D'un ton sec, il m'ordonne de me calmer.

Maître Bodard m'agrippe par l'épaule, avec une force surprenante pour son gabarit, et m'oblige à me rasseoir. Puis il se lève à son tour, rajuste sa mèche de cheveux et s'adresse à Julie.

— Dites-moi, Julie, quelles étaient vos relations avec le compagnon de votre mère ?

— Normales, comme avec un beau-père.

— Avez-vous des amies dont les parents sont divorcés ?

— Les trois quarts.

— Combien d'entre elles ont un beau-père presque de leur âge ?

Julie pique du nez. Maître Bodard s'approche d'elle.

Je ferme les yeux. Je voudrais l'empêcher de s'en prendre ainsi à ma fille, mais je n'ose pas l'interrompre.

— Et ça vous gêne, n'est-ce pas ? continue maître Bodard d'une voix douce. Un type de votre âge qui couche avec votre mère ?

Julie détourne le regard.

— En voulez-vous à votre père de lui avoir laissé la place si facilement ? d'avoir accepté que vous retourniez vivre chez votre mère sans protester ? Votre père a rencontré et aimé d'autres femmes depuis. Il y a longtemps qu'il a fait le deuil de cette rupture. Pas vous. Le regard haineux sur ce couple atypique, c'est le vôtre, pas le sien.

Il s'adresse au président :

— Je n'ai pas d'autres questions à poser au témoin.

Le psychiatre hoche la tête. Le cas de Julie lui semble intéressant, en vue d'une publication ultérieure dans une revue spécialisée.

Je contemple Julie qui sanglote sur sa chaise. Une femme policière la soutient lorsqu'elle se lève. Je voudrais tant l'aider, ma petite fille fragile, revenir au temps béni où elle avait comme unique souci un genou écorché ou une récitation à apprendre.

Je croise le regard de mon ex-belle-mère. Il est empli de haine.

Lisa porte une robe rouge envahie de dentelles, plus appropriée à un repas de mariage qu'à un procès. Je me recroqueville, tandis qu'elle conte par le menu nos ébats, relate avec complaisance mes inquiétudes quant à mes performances sexuelles et mes plaintes au sujet de la frigidité de Marianne. Parmi les jurés, le type aux tatouages se marre. Il a l'air de la trouver à son goût. Elle confirme que je voulais un autre enfant et que Marianne n'en désirait pas.

Le président lui rappelle qu'une lettre anonyme n'est pas la meilleure façon de donner des informations à la justice et qu'elle sera poursuivie. Elle rigole en disant que ce ne sera pas la première fois. Maître Bodard en profite pour s'interroger à haute voix sur la moralité de ce témoin et la fiabilité de son témoignage.

C'est enfin le tour de Florence Aulnois de témoigner. Mon ancienne voisine franchit avec majesté la porte réservée aux témoins. Elle est vêtue de la même robe bleue que sur la photographie illustrant son interview. Elle a encore grossi et a du mal à s'asseoir sur l'étroite chaise qu'on lui désigne. Elle maintient sa version des faits. Elle affirme m'avoir vu descendre de voiture après le choc, m'agenouiller près de Marianne, puis me diriger tranquillement vers la balançoire.

— Ce qui me choque le plus, conclut-elle en s'adressant au président, c'est que M. Verdun n'ait pas téléphoné aux pompiers alors que son ex-femme agonisait. J'ai pris sur moi d'appeler la police, bien que je répugne à me mêler des affaires des autres.

— Ce qui me choque, voyez-vous, c'est que vous n'ayez pas dit toute la vérité à la cour, lui répond maître Bodard du tac au tac.

Au fil des débats, il prend de l'assurance. Il ne cesse de demander la parole pour intervenir, se lève, se rassoit, prend fébrilement des notes, relève ses manches et rajuste sa mèche. Un vrai tourbillon.

Il requiert maintenant, auprès du président, l'autorisation de faire entrer un témoin que celui-ci n'a pas appelé à l'ouverture de l'audience. Le président consulte ses assesseurs puis répond par l'affirmative.

J'éprouve un choc en voyant Thomas pénétrer dans la salle. Avec son visage sérieux, ses fines lunettes sur le nez, sa cravate et son costume sombres, il paraît plus vieux que son âge. À l'invitation du président, il décline son identité, précise notre lien de parenté. Le vieil homme sourit lorsqu'il apprend que ce jeune homme si présentable sera bientôt l'un de ses pairs.

Maître Bodard s'est rassis, satisfait de l'effet qu'a produit Thomas sur la cour. Celui-ci se dirige avec assurance vers le président pour lui soumettre un document. Le président ordonne une suspension de séance afin que le ministère public puisse en prendre connaissance.

Maître Bodard m'adresse un discret clin d'œil, accompagné d'un sourire radieux.

Le président s'adresse aux jurés :

— Pour l'équité de ce procès, je dois porter à votre connaissance cette lettre écrite par Florence Aulnois à son fils. Elle lui annonce qu'elle a trouvé le moyen d'acquérir la maison de feu Marianne Pomerol, que celle-ci a toujours refusé de lui vendre.

Il se tourne vers mon ancienne voisine, qu'il toise d'un œil sévère.

— Madame, je vous prie de nous donner quelques explications.

Florence Aulnois se tortille sur sa chaise, les joues en feu.

— D'accord, j'ai menti, murmure-t-elle.

— Parlez plus fort, lui intime le président.

— C'était pour mon fils. Je voulais qu'il vienne vivre à côté de chez moi. J'espérais acquérir la maison de Marianne, après le divorce. Mais elle a refusé mon offre, pourtant bien au-dessus du prix du marché. Alors, quand elle est morte, je me suis dit que, si son ex-mari allait en prison pour meurtre, la famille serait dispersée et je pourrais acheter la maison.

— Avez-vous, oui ou non, vu M. Verdun s'agenouiller près de la victime avant de se diriger vers le portique ?

— Non. Il a fait quelques pas en direction du garage, puis il s'est arrêté, a fait demi-tour et s'est réfugié près de la balançoire.

— Vous serez poursuivie pour faux témoignage, gronde le président.

— J'ai quand même appelé les secours…

— Je vous donne ma parole que vous ne vous en tirerez pas comme ça.

— C'est à cause de mon fils, gémit-elle en transpirant abondamment. Il a quarante ans, pas de femme et une santé fragile… Il a besoin de moi.

D'un geste excédé, le président fait signe qu'on la sorte de son champ de vision.

Thomas s'est assis, à égale distance de la famille Pomerol et de mes amis d'enfance. Toujours son sens de l'équité. J'apprendrai plus tard qu'il a très vite eu des soupçons sur la fiabilité du témoignage de Florence Aulnois. Il a enquêté et contacté son fils, mais il n'a réussi à le convaincre de le recevoir que quelques heures avant le procès. Il a eu du mal à le persuader de lui confier la lettre écrite par sa mère. Au moment où l'audience débutait, il roulait à tombeau ouvert – lui, un futur représentant de la loi – pour pouvoir produire à temps la preuve de ce faux témoignage.

— Et voilà, murmure maître Bodard à mon oreille, l'accusation ne tient plus à grand-chose. Maintenant, c'est à moi de jouer.

Il relève ses manches, alors que le premier témoin en ma faveur entre dans la salle.

Éliane n'a pas changé. Elle est toujours aussi maigre, masculine, avec quelques rides rieuses de plus aux coins des yeux. C'est Christophe qui l'a persuadée de venir témoigner. Après l'interview restée sans écho, il a décidé de retrouver des personnes pouvant obtenir la sympathie des jurés et faire pencher leur décision en ma faveur. Il s'y entend en relations publiques.

Christophe suit Éliane du regard, alors qu'elle se dirige à grandes enjambées vers les magistrats. Lorsqu'il m'a annoncé qu'il l'avait rencontrée, je lui ai demandé comment il la trouvait. D'ordinaire, Christophe est prolixe lorsqu'il juge une femme. Fesses, seins, jambes, hanches et bouche… il détaille tout. Concernant Éliane, il a juste dit qu'il la trouvait plutôt sympa. Je me demande s'il n'est pas en train de tomber amoureux.

Éliane dresse devant les jurés le portrait inverse que Lisa a brossé de moi. Elle n'omet pas de revenir sur les difficultés qu'elle a rencontrées avec mes enfants, surtout avec Julie, tout en les excusant – ils étaient alors adolescents. Elle décrit les rapports amicaux que j'entretenais avec Marianne et son compagnon – nous avons même passé un Noël ensemble à la ferme, rappelle-t-elle. Nous formions, selon elle, une sympathique famille recomposée. Après notre rupture, je ne l'ai pas harcelée. Je n'ai rien d'un névrosé, contrairement à ce que le psychiatre veut faire croire. D'ailleurs, les psys, elle s'en méfie un peu, rien ne vaut selon elle la vie au grand air pour se remettre d'une séparation.

Caroline est à son tour appelée à témoigner. Elle est vêtue, pour l'occasion, d'une robe bleue à col Claudine qui la fait ressembler à une écolière échappée d'un livre d'images. Elle répond avec calme et précision aux questions du président.

— Quand avez-vous commencé à fréquenter M. Verdun ? lui demande-t-il.

— Bien avant la mort de Marianne, répond-elle sans se troubler. Il était seul, après sa rupture avec Éliane, et se démenait pour créer son entreprise. J'aime les hommes décidés, comme lui.

Je retiens un sursaut. Elle ment comme un arracheur de dents, ce qui est peut-être inné pour une fille de dentiste. Dans la salle, Marie-Astrid a laissé échapper une exclamation de surprise douloureuse, elle semble sur le point de se trouver mal.

— La victime était-elle au courant de votre relation ?

— J'en ai bien sûr parlé à Marianne. Elle était contente que Vincent refasse sa vie. Comme Éliane vous l'a dit, ma sœur et Vincent entretenaient d'excellents rapports.

Le président se gratte l'oreille, pensif.

— Il est étonnant que, au cours de l'enquête et dans ces débats, personne n'ait mentionné cette relation plus tôt. Pas même la fille de M. Verdun.

— C'est normal, répond Caroline sans se démonter. Vincent m'avait promis de garder notre relation secrète, seule Marianne était au courant. Ma famille est assez traditionnelle, elle aurait mal vécu d'apprendre que j'entretenais une relation avec l'ex-mari de ma sœur. Même mon autre sœur l'ignorait. Je n'ai jamais eu confiance en elle.

Avant de quitter sa place, elle se retourne vers sa famille et jette un regard vengeur à Hermine qui l'observe, stupéfaite.

— Excellent, murmure maître Bodard en prenant des notes et se penchant vers moi. Vous auriez pu me le dire plus tôt, que vous sortiez avec la sœur de votre ex-femme, avec la bénédiction de celle-ci. Sans doute ne vous rendez-vous pas compte qu'avec un tel témoignage, nous avons là de quoi convaincre les jurés de votre innocence.

Je m'abstiens de lui répondre que j'ignorais surtout que Caroline mentait si bien.

Pierre-Emmanuel a encore besoin de béquilles pour se déplacer. Le garde-boue de mon 4 × 4 lui a éclaté le ménisque avant qu'il ne tombe sur le côté. Sa rééducation se passe bien, d'autant qu'il est tombé amoureux de la kinésithérapeute qui s'occupe de lui. Il sort avec elle depuis deux mois. Je ne comprends pas comment il a pu si vite remplacer Marianne.

Toutes ces informations, c'est maître Bodard qui me les a rapportées. Il a rencontré l'ancien compagnon de Marianne à deux reprises, et il n'a pas eu de mal à le convaincre de témoigner en ma faveur, bien au contraire. Pierre-Emmanuel lui a confié avoir une dette envers moi. C'est grâce à moi, dit-il, qu'il a repris une vie normale et occupe maintenant un poste satisfaisant. Mon avocat, qui se pique de psychologie, estime que Pierre-Emmanuel éprouve une certaine culpabilité à mon égard : on ne mord pas impunément la main de celui qui vous a nourri.

Pierre-Emmanuel répond aux questions du président avec l'application d'un bon élève. Je cherche son regard mais il évite le mien.

— Avez-vous souvenir d'avoir aidé M. Verdun à sortir une maquette d'avion de son coffre ? attaque l'avocat général.

Pierre-Emmanuel se passe la main dans les cheveux, qu'il a désormais courts. La jeune femme trop maquillée qui siège parmi les jurés semble apprécier sa carrure.

— Je ne m'en souviens pas, répond-il. Je sais que Marianne m'a demandé de sortir du garage. Vincent et elle avaient à parler.

— Voilà qui contredit la version donnée par M. Verdun, qui prétend que le différend portait seulement sur la façon de rentrer la maquette dans le garage, souligne l'avocat général.

Quand vient son tour d'interroger Pierre-Emmanuel, maître Bodard lui demande quelle a été ma réaction en apprenant que Marianne et lui étaient amants.

— Il est parti de la maison le soir même en disant que chacun avait le droit de choisir sa vie. C'était plutôt cool de sa part.

Parmi les jurés, le type baraqué avec des tatouages me dévisage d'un air incrédule. Je suis sûr qu'à ma place il lui aurait cassé la figure.

Maître Bodard fait un élégant demi-tour sur lui-même, comme s'il voulait faire admirer sa robe à la cour, avant de reprendre.

— Avez-vous fait état de votre future paternité à M. Verdun ?

— Non. Marianne et moi avions décidé de garder cette nouvelle secrète. Elle avait peur de la réaction de sa mère.

— Pas de celle de Vincent ?

— Non, avec Vincent, il n'y avait jamais de problème. Le soir de l'accident, quand elle m'a demandé d'aller jeter la bâche de la maquette, j'ai cru qu'elle voulait le lui annoncer en tête à tête.

Mon avocat saute sur ses pieds.

— Pouvez-vous répéter ce que vous venez de dire ?

— Elle a sûrement annoncé sa grossesse à Vincent ce soir-là, dans le garage.

— Non, ce que vous avez dit avant, insiste maître Bodard.

— Ben, je suis sorti jeter la bâche et je les ai laissés seuls, comme Marianne me l'avait demandé, reprend docilement Pierre-Emmanuel, un peu surpris par son insistance.

— Et vous l'avez jetée où, cette bâche ? Les enquêteurs l'ont cherchée partout sans la retrouver.

— Ben, je l'ai pas jetée, en fait. Ça sert toujours, une bâche en plastique, bafouille Pierre-Emmanuel. Je l'ai planquée sous le tapis du coffre de ma voiture. Marianne l'aurait jetée si elle l'avait trouvée. Elle était du genre maniaque.

Maître Bodard s'adresse au président :

— Ce témoignage confirme la version de mon client, qui n'en a jamais changé. Ce n'est pas sa faute si les enquêteurs n'ont pas bien fouillé les alentours de la maison.

L'avocat général intervient à son tour :

— Je note que, selon le témoin, Marianne Pomerol aurait bien annoncé ce soir-là à son ex-mari qu'elle était enceinte. Et, comme par hasard, il la tue juste après avoir appris cette grossesse.

En écoutant les plaidoiries de l'avocat général et de maître Bodard, j'ai l'impression troublante qu'ils ne parlent pas de la même personne.

Le premier me décrit comme un homme prêt à tout pour réussir, mais sans envergure, rancunier et dissimulateur. Selon lui, j'ai tué mon ex-femme. Il en est si convaincu qu'il regrette que la préméditation n'ait pas été retenue.

Il trouve étrange que je me sois trompé de vitesse. Même un enfant peut enclencher sans erreur les vitesses d'une boîte automatique, souligne-t-il. Il doute aussi que j'aie démarré en trombe simplement pour épater Pierre-Emmanuel. C'était plutôt pour que Marianne n'ait aucune chance d'en réchapper.

Mon attitude, après l'accident, est selon lui inadmissible. Il peut concevoir que je n'aie pas eu le courage d'enjamber une flaque de sang pour entrer dans le garage, mais un adulte sensé aurait couru prévenir les voisins, au lieu de se réfugier près d'une balançoire.

S'il déplore les moyens utilisés par Lisa pour faire part à la justice de ses doutes, il incite les jurés à se rappeler que j'avais été évincé par un homme plus jeune à qui Marianne s'apprêtait à donner un enfant, ce qu'elle m'avait refusé avant le divorce. Je n'avais pas supporté d'apprendre cette nouvelle.

Il passe sous silence le témoignage de mon ex-voisine, rendu caduc par Thomas, mais revient sur celui de Julie. Pourquoi m'accablerait-elle, se demande-t-il, alors que, selon tous les témoignages, je suis un père exemplaire ?

Dans un dernier effet oratoire, il implore enfin les jurés de ne pas se laisser influencer par mon apparence d'homme ordinaire, dépassé par les événements et se présentant comme une victime. Il rappelle avec à-propos le portrait peu flatteur qu'a dressé de moi le psychiatre. Avant de se rasseoir, il requiert quinze ans de prison ferme.

Victime. C'est également le mot qu'emploie mon avocat, lorsqu'il se lance à son tour dans sa plaidoirie. D'une surprenante voix de stentor, il dénonce la faiblesse de l'accusation, l'acharnement de la justice qui a perturbé ma vie professionnelle et m'a conduit à licencier mes employés. Il met en garde les jurés contre une possible erreur judiciaire et leur demande pour quelle raison j'aurais voulu tuer mon ex-femme, devenue une amie, alors que j'avais trouvé l'amour dans les bras de sa sœur. Puis, l'air épuisé, il réclame l'acquittement dans un souffle, avant de s'affaler près de moi.

Le président rompt le silence pour me demander si je désire ajouter quelque chose. Je me lève, le cœur battant. Quinze ans de prison ou l'acquittement. J'ai l'impression de jouer à la roulette russe. Je murmure simplement : « Je ne voulais pas tuer Marianne. »

À la demande du président, les jurés se sont levés. Ils sortent de la salle en file indienne pour délibérer.

Trois heures et quarante-sept minutes plus tard, ils pénètrent de nouveau dans la salle. J'ai compté chaque seconde. Mon avocat s'éponge le front avec son mouchoir en batiste. Il me fait le signe de la victoire en souriant, mais ses doigts tremblent un peu.

Je suis acquitté.

Un gémissement sourd s'élève dans le public. Marie-Astrid Pomerol se trouve mal. Ignorant son état, Caroline se précipite vers moi. Christophe et Lucien la rejoignent. Hermine et Julie soutiennent Marie-Astrid et se dirigent vers la sortie, suivies du père de Marianne, qui paraît plus petit que jamais. Ma fille ne m'a pas accordé un regard.

Mon avocat me congratule. Gêné, je m'extirpe de ses bras fluets. Thomas s'apprête à partir quand je le rejoins.

— Merci d'avoir pris ma défense. Je suis fier de toi.

Il me regarde d'un œil froid et rajuste sa cravate pour éviter que je le serre dans mes bras.

— Je n'ai fait que mon travail. Le témoignage de cette femme ne me semblait pas net.

J'essaie de le retenir, presque implorant.

— Tu le crois, maintenant, que je ne l'ai pas fait exprès ?

Il se dégage.

— On ne commente pas une décision de justice, surtout lorsqu'on s'apprête à devenir magistrat.

Épilogue

Samedi 15 mai 2004

Éliane et Christophe ont choisi de se marier dans l'église du village où Éliane a été baptisée. En fait, je crois que c'est elle qui a pris l'initiative.

Christophe est méconnaissable. Il a démissionné de son poste de rédacteur en chef et vendu son appartement avec vue sur le fleuve pour s'installer avec elle. Avec l'argent obtenu, Éliane a pu acheter un nouveau tracteur et faire construire une serre pour ses légumes. Christophe a pris un peu de ventre, il est devenu intarissable sur les produits bio.

Le déjeuner de la noce a lieu dans une prairie, située à côté de la vieille maison, ombragée par des cerisiers en fleur.

Christine râle parce que des pétales sont tombés dans son assiette. Elle surveille du coin de l'œil Lucien, qui raffole de la charcuterie locale. Il y a deux mois, il a quitté leur domicile pour s'installer, seul, dans un minuscule studio. Il a acheté un futon, une télévision et un paquet de préservatifs, au cas où. Christine n'a rien dit, mais elle a envoyé, l'un après l'autre, ses quatre fils pour lui rappeler ses devoirs de chef de famille. Lucien a tenu deux jours. Et puis, un dimanche soir, il est rentré. Il ne sait pas repasser ses chemises et il en avait marre d'être seul. Christine, bonne fille, ne lui a pas fait de reproches. Elle l'a même accompagné, le week-end suivant, chez un concessionnaire. Depuis, il a remisé son vélo et se rend à son travail en 4 × 4.

Thomas a réussi le concours d'entrée à l'École nationale de la magistrature et vit désormais à Bordeaux. Je me suis mis à l'informatique, j'ai acheté une Webcam pour communiquer avec lui et je suis de près l'actualité judiciaire afin d'aborder les sujets qu'il aime.

Maître Bodard a définitivement laissé tomber le droit fiscal et s'est spécialisé dans le pénal. Depuis qu'il a gagné mon procès, il est très demandé.

Je n'ai pas revu Julie. Elle vit toujours chez sa grand-mère. Aux dernières nouvelles, elle a laissé tomber le stylisme et a repris ses études à l'université. Elle songe à devenir psychologue, comme Hermine, avec qui elle fait du shopping tous les samedis.

Pierre-Emmanuel m'a envoyé une carte de Nouvelle-Calédonie, où il a suivi sa fiancée, qui a ouvert un cabinet de kinésithérapie. Pour l'instant, il n'a pas de travail, mais songe à monter un groupe de musique mariant violon et congas.

Caroline s'amuse à me mettre des pétales de fleurs de cerisier dans les cheveux. Je supporte de moins en moins ses attitudes puériles. Elle a un peu forci, ces derniers temps. Je voudrais lui offrir une liposuccion, mais j'ai peur qu'elle ne le prenne mal. C'est quand même grâce à elle que j'ai de nouveau un travail stable, car j'ai fait faillite il y a six mois. Ma secrétaire est en pleine dépression, à cinquante ans, elle n'arrive pas à retrouver un emploi.

Je travaille désormais dans le même institut privé que Caroline. J'enseigne l'anglais aux classes primaires. C'est un poste ingrat. Je déteste ces gosses de riches, mal élevés et narquois. Comme nous avons les mêmes horaires, Caroline et moi partons et revenons ensemble du travail. C'est elle qui est au volant. Je n'ai pas repassé mon permis. Depuis la mort de Marianne, je n'arrive plus à conduire.

Caroline m'incite à participer aux activités pastorales de l'institut privé, afin d'obtenir plus vite de l'avancement. Tous les dimanches, j'assiste donc à la messe et je chante dans une chorale composée en grande partie de mes élèves. Je ne crois plus en rien, mais je fais semblant.

Nous avons déménagé. Avec nos deux salaires, et grâce à Lucien, nous avons obtenu un prêt sur vingt-cinq ans pour acheter un quatre-pièces, dans une petite résidence principalement occupée par des retraités. J'ai enfin une pièce pour entreposer mes maquettes d'avion. J'y passe tout mon temps libre.

Nous faisons l'amour un peu moins souvent. Cela ne semble pas trop gêner Caroline et ça me permet d'économiser sur le Viagra. Elle parle de plus en plus souvent de mariage. Je détourne la conversation mais je ne pourrai pas tenir très longtemps. Je sais ce que je lui dois. C'est grâce à son mensonge sur la date du début de notre relation que j'ai été acquitté. Je lui ai demandé un soir si falsifier la vérité était compatible avec ses convictions religieuses. Elle m'a seulement répondu que, la nuit, la religion ne tenait pas très chaud. Nous n'en avons jamais plus reparlé.

La photo de Marianne dort dans le tiroir de ma table de chevet, mais moi, j'ai encore parfois du mal à trouver le sommeil. Ces nuits-là, trop fréquentes, les images du drame m'assaillent de nouveau.

Je me souviens de notre dernière discussion. Après m'avoir aidé à transporter le biplan des frères Wright dans le garage, Marianne m'a annoncé qu'il fallait que je trouve un autre endroit pour entreposer mes maquettes. Elle voulait transformer mon ancien atelier en studio, afin que Pierre-Emmanuel puisse faire de la musique sans la déranger. Je lui ai répondu que c'était hors de question. Elle a rétorqué que j'avais une semaine pour débarrasser l'atelier. Furieux, je suis monté dans mon 4 × 4 sans prendre congé. Elle a haussé les épaules et a rejoint Pierre-Emmanuel devant la porte du garage. Il m'a fait un signe de la main pour me dire au revoir.

J'ai agrippé le volant qui sentait le cuir neuf. Je ne supportais pas l'idée de devoir déplacer mes maquettes à cause d'un stupide violon, de cesser mes rares tête-à-tête avec mon fils, pour lesquels ces vieux coucous miniatures me servaient de prétexte à discussion. Alors j'ai démarré. J'ai jeté un œil dans le rétroviseur et j'ai passé, sciemment, la marche arrière.

Je ne pouvais pas imaginer que Marianne, voyant le véhicule reculer, se jetterait sur Pierre-Emmanuel, qui allait être écrasé par la roue de secours. Elle a encaissé le choc à sa place.

Un ultime geste d'amour. Qui ne m'était pas destiné.

Je ne voulais pas tuer Marianne. C'était ce jeune con que je visais.

Composé par Nord Compo
à Villeneuve-d'Ascq (Nord)

Imprimé en Espagne par
Litografía Roses
à Gava
en décembre 2010

POCKET – 12, avenue d'Italie – 75627 Paris cedex 13

Dépôt légal : janvier 2011
S19327/01